KB064201

그 여배우 이야기

그 여배우 이야기

한보영 장편소설

도화

차 례

작가의 말

오랜 산고 끝에 분만했다.

쓰다 말고 쓰다 말기를 거듭했을 뿐 아니라, 써놓고 지우기도 헤아릴 수 없을 만큼 되풀이 했기 때문이다. 다 써놓고는 아예 거들떠도 보지 않은 채 출판사에 넘겨버린 것도, 다시 손 댔다가는 허물고 짓는 작업이 한도 끝도 없을 것 같았다.

왜 그토록 시간을 끌었는지는 새삼스레 중언부언하고 싶진 않다. 자칫 구차한 변명이 되기 쉬울뿐더러, 글 쓰는 버릇을 두고 미주알고주알 매달리다 보면 그 역시 날 새는 줄을 모를 듯싶어서다.

소설의 배경은 유신시대. 민주보다 독재가, 자유보다 통제가 숨통을 조이던 때다. 모든 분야가 '멈춤'으로 눈치를 보고 살아가야 할 그 시기에 등장했다가 공교롭게 유신의 종말과 함께 짧은 생을 마친 여배우가 그 주인공이다.

연예기자로 뛴 시절이 있었다. 그때, 여배우에 대한 깊은 관심을 끝내 버리지 못한 탓인지 모른다. 남다른 미모 때문에 늘 주위의 유혹에 노출돼 있을 뿐 아니라 온갖 스캔들의 중심이 되기 쉬운 선망의 대명사, 바로 여배우의 주변은 한마디로 스토리텔링의 보고寶庫라 해도 과언이 아니다.

우리 여배우에게 가장 치욕적인 시절이 유신시절이다. 어느 신인 여배우의 '실언'과 이른바 '이니셜 파동' 등으로 '윤락녀' '매춘'이란 오명을 뒤집어 쓴 때문이다. 몇몇 특정 여배우를 제외하면 수입이 미진한 관계로 곧잘 7공자 등 소문난 장안의 플레이보이와 신흥 졸부들의 헌팅 대상이 되던 시기였다.

『그 여배우 이야기』는 그런 시대를 배경으로 펼쳐진다. 아이가 있는 것을 감쪽같이 숨기고 선망의 여배우가 되기 위한 안간힘은 아이 아빠의 도움도 받지 않고 아이를 키우려는 '오기'에서 출발한다. 현실과도 적당히 타협하지만 영혼만은 더럽히지 않으려는 여배우의 몸부림….

벌써부터 독자의 기대를 바라는 건 작가의 과욕일까. 부끄럽지만 독자의 공감에 다가가려는 용기가 만용이 되지 않기를 바랄 뿐이다.

2021년 6월

송추 寓居에서   한 보 영

그
여
배
우
이
야
기

여배우의 죽음

그 여배우가 죽었다. 어떻게 생각해도 돌연한 죽음이다. 말기 유방암 진단을 받은 게 불과 두 달 전, 손 써 볼 틈 없이 눈 깜작할 사이에 벌어진 유고有故였다. 여배우는 처음부터 손을 쓰지 않았다. 수술을 해본다든가, 주위 사람과 의논한다든가 하는 따위의 노력이나 의지 같은 것도 외면한 채, 여배우 지성미는 그렇게 홀연히 떠나버렸다.

돌연한 유고는 그 여배우에게만 일어난 건 아니다. 사흘 전인가, 유신 정국으로 서슬 퍼런 박정희朴正熙 대통령이 안가에서 심복 김재규金載圭의 총탄으로 유명을 달리 한 것이다. 안가라면 여배우도 언젠가 딱 한 번 초대 받아 간 곳이기도 하다.

여배우는 이제 겨우 삼십을 눈앞에 둔 꽃다운 나이다. 작년

부터 각종 크고 작은 영화상에서 인기상은 물론 여주연상도 받기 시작해 전성기를 코앞에 두고 있다. 보나마나 여배우 지성미의 돌연한 죽음은, 이유야 어찌 됐든 박정희 대통령의 돌연한 유고와 맞물려, 갖가지 의혹을 불러들이기에 충분하다. 하물며 안가에 간 적도 있는 여배우의 죽음이 아닌가.

나는 골이 지근지근 쑤셨다. 지성미의 모든 스케줄을 관리하는 매니저로서, 여배우의 갑작스런 죽음을 어떻게 설명해야 할지 막연해서다. 곧이곧대로 말해준다고 해서 믿을 기자들이 얼마나 될까? 최측근이랄 매니저, 나 조기동이 생각하기에도 그렇다. 말기유방암 진단 두 달 만에 여배우가 죽어? 무슨 말로도 설명하기 쉽지 않다는 것을 기자 출신인 내가 모를 까닭이 없었다. 섣불리 입을 잘못 열다간 긁어 부스럼 만들기 좋아하는 기자들에게 어떤 억측을 불러들일지 예측하기가 힘들었다.

조금 전까지 우리는 지성미가 마지막 숨을 거두는 병실에 있었다. 우리라고 해야 여배우의 어머니와 여섯 살배기 딸애, 딸애의 아버지로 밝혀진 이재호와 성낙성 시나리오 작가, 명색이 매니저라는 나까지 다섯 명이 전부였다.

나는 지성미의 마지막을 끝까지 지켜보고 싶지 않았다. 차마 숨 넘기는 그 순간을 보기 힘들어서는 아니다. 그녀의 돌연한 죽음이 몰고 올 후폭풍이 솔직히 더 가슴을 죄여왔다. 숨이 막힐 것 같은 나는 도망치듯 병실을 뛰쳐나오고 말았다.

여배우에게는 숨겨놓은 아이가 있었다. 더구나 그 아이의 아버지가 다른 사람이 아닌 이재호, 바로 재벌가의 후손이다. 재벌의 후손과 잘 나가는 여배우와의 관계, 거기에 그들 사이에 여섯 살 된 아이가 있다는 것, 그게 어디 보통 얘깃거리인가. 여태껏 사실을 숨겨 온 것부터 시작해서 기자들에게 물리고, 뜯기고, 부대낄 게 너무도 뻔했다. 여배우의 마지막을 지켜보며 슬퍼할 마음의 여유가 내게 있을 리 없었다.

내가 다시 병실에 들어갔을 때 이미 여배우는 이 세상 사람이 아니었다. 그녀의 어머니가 시신을 안고 울고 있었고, 덩달아 여섯 살배기 딸애도 할머니의 가랑이를 붙들고 훌쩍거렸다. 딸애의 아버지로 밝혀진 이재호의 큰 눈망울에서 굵은 눈물방울이 뚝뚝 떨어지는 모습도 눈에 들어왔다. 성 작가만이 눈을 감은 채 석고상처럼 그 자리에 못 박혀 죽음의 무상함을 음미하는 듯했다.

나는 지성미의 죽음에 흠뻑 빠져버린 두 남자, 이재호와 성 작가를 조용히 밖으로 불러냈다. 나만이라도 손 놓고 마냥 슬픔에 잠겨있을 수많은 없어서였다.

"수습부터 해야 할 거 같은데…."

"시신 말입니까?"

이재호가 투박한 말투로 나를 쳐다 본다.

"시신도 시신이지만."

"늦었지만 지성미라는 여배우의 요절을 알리고, 그 인기와 명예에 걸맞은 장례식을 치러줘야 하잖아?"

자못 엄숙한 성 작가의 언성이 틔었다.

"무리야!"

나는 단호히 고개를 저었다.

"무리? 뭐가?"

성 작가의 반발도 만만찮았다.

"몰라서 그래? 세상에 알려지지 않은 팩트가 죽음 앞에 드러나 봐. 여배우의 명예는 고사하고 사생활마저 갈기갈기 찢길 건 불을 보듯 뻔해!"

그래도 성 작가는 선뜻 물러설 기미가 아니다. 여배우의 명성에 걸맞은 장례식을 치러줘야 한다고 계속 고집을 부렸다.

"저의 생각도….."

그때 이재호가 슬그머니 끼어든다.

"일단은―."

잠깐 뜸을 들인 다음 말을 이었다.

"조용히 장례를 치르고 보는 게 좋을 것 같네요."

이재호는 그녀의 갑작스런 죽음이 갖가지 의혹을 증폭시킬 수 있다는 것을 알아차린 듯하다. 재벌가의 후손다운 조심성이랄까. 그제야 성 작가도 한 발 물러 선 듯 입을 다물었다.

때마침 내일이 고 박정희 대통령의 국장이 치러지는 날. 서슬 퍼런 유신 정국을 주도한 독재자도 결국 믿는 도끼에 발등을 찍혀 종국을 맞았다. 20여 년의 장기집권, 끝내는 유신으로 나라를 온통 공포로 몰아넣었던 독재자의 종말은 그렇게 끝나버리는가.

하지만 나는 지금, 그런 권좌의 무상함을 음미할 여유가 없었다. 국내의 모든 시선과 관심이 고 박정희 대통령의 죽음과 국장에 쏠려 있을 때, 의혹투성일 수 있는 여배우의 장례도 후다닥 해치워버릴 궁리에 빠져 있었다.

여배우가 아무리 잘 나가는 스타라 치자. 아무리 의문투성이의 죽음이라 치자. 하지만 국민의 관심사에서 장기집권 독재자의 시해 사건과 비교될 리 만무하다. 온 나라의 관심이 국장에 쏠려있을 때, 여배우의 장례도 같은 날 새벽 감쪽같이 해치워버리자는 내 제안에 성 작가가 다소 반발했다. 하지만 이재호가 군말 없이 동의하자 그는 슬그머니 고집을 내려놓았다.

여배우가 묻힐 장지는 이재호가 정했다. 당초 우리는 여배우를 화장할 계획이었다. 하지만 화장장으로 갈 경우, 남의 눈에 띌 가능성이 크다는 나의 우려를 이재호가 흔쾌히 받아들였고, 대뜸 자기 어머니가 묻힌 산소에 지성미를 묻고 싶다는 의향까지 내비쳤다. 산소는 고양시와 파주시 사이, 임진강 근처의 깊은 숲속이라고 했다. 의외로 모든 게 잘 풀린 것 같아 그제야 나는 어느 정도 마음을 놓을 수 있었다.

어떻게 보면 그 여배우는 유신과 묘한 인연을 가진 것 같다. 유신이 시작되면서 뜨기 시작해 유신이 끝나는 날 그녀도 함께 스러져갔으니 말이다. 악연이었을까? 아니다. 어쩌면 유신이라는 그 어려운 시기에 슬기롭게 자신을 지켜온 몇몇 안 되는 여배우라는 점에서 인연 쪽에 나는 무게를 두고 싶었다.

나는 이재호와 성 작가에게 동의를 구해 일단 병원 장례식장에 여배우의 빈소를 마련했다. 물론 위패나 영정도 없는, 초라하기 그지없는 빈소였다. 하지만 하룻밤만 지내면 그만일뿐 더러 불필요한 시선을 피하기 위해서는 어쩔 수 없었다.

나는 모든 게 순조로이 풀려간 듯하자 지하의 빈소를 벗어나 밖으로 나왔다. 해가 지고 있었다. 피로가 스멀스멀 땅거미처럼 심신을 파고든다. 아이 엄마임을 숨기며 숨도 크게 못 쉬고 짧은 생애를 마감한 지성미. 그녀의 돌연한 유고가 몰고 올 후폭풍이 다시 성큼, 어둠과 더불어 나를 압박해 온다. 왜? 왜?

왜? 쏟아지는 기자들의 질문 공세가 기관총알처럼 나를 향해 날아든다. 핑그르르, 현기증이 인다.

지성미는 어디 한 군데 흠 잡을 데 없는 여배우였다. 무엇보다 변화무쌍한 연기력이 큰 무기라면 무기였다. 작은 체구에 갸름한 얼굴은 카메라를 너무 잘 받았다. 다소 물불 가리지 않은 무남독녀의 성깔이, 탤런트생활 초반에 적잖은 방해요인이 되긴 했지만, 일단 물결을 타기 시작하자 거침없이 헤쳐 나갔다. 적극적이고 재기 넘칠 뿐더러, 당차기까지 한 여배우는 TV 드라마의 PD와 AD, 영화감독과 스태프, 선후배 연기자까지 미워할래야 미워할 수 없는 존재로 우뚝 올라서는 중이었다. 신바람 난 무서운 질주였다….

나는 아직도 지성미의 돌연한 죽음을 선뜻 이해하지 못했다. 용의주도하기도 한 그녀가 자신의 몸 관리를 그처럼 소홀히 했다는 게 믿어지지 않았다. 진짜 그녀는 처음부터 유방암의 징후를 전혀 깨닫지 못했을까? 아니면 이상 징후를 알고도 대수롭지 않게 그냥 지나쳐버린 걸까?

달포 전이었다. 지성미는 나와 성 작가를 급히 병원으로 불러들였다. 여배우는 우리가 병실에 들어서자 마치 남 얘기하듯 이렇게 털어놨다.

"유방암이래요. 그것도 말기래나 그러네요. 수술해봤자 회복을 장담할 수 없대나 봐요. 그래선 데요….”

여배우는 잠시 뜸을 들였다. 하지만 곧 전혀 동요하는 기색 없이 나머지 말을 마저 뱉어냈다.

“차라리 그냥 접기로 했어요.”

청천벽력이었다. 적어도 단순한 메디컬 체크로만 여겨온 나와 성 작가에게는.

생전 여배우는 병원을 모르고 살았다. 며칠만이라도 병원에 입원, 메디컬 체크를 받으며 휴식 시간을 가지라고 그렇게 권유했지만, 병원에서 왜 괜히 아까운 시간을 죽이죠, 여전히 고집을 부렸다. 그만큼 여배우는 무작정 앞만 보고 달려온 것이다.

하지만 이번에는 본인 스스로가 병원을 찾았다. 그렇듯 권유해도 못 들은 척하던 그녀가 제 발로 병원을 찾았다면 대게 급하긴 급했던 걸까. 그게 곧 여배우의 마지막 열명길이 되고 말았다니 이 얼마나 황당한 일인가.

그 자리에 이재호도 있었다. 아직 눈에 눈물 자욱이 그대로 남아있는 이재호와 그의 손에 잡혀있는 딸 아이를 번갈아 보던 여배우는 역시 담담한 어조로 말했다.

“두 분께 진작 말씀 드리지 못해 죄송해요. 실은 저 두 사람, 부녀 사이예요. 저 사람에게도 오늘 처음 밝혔지만.”

여배우의 말이 끝나자 흑, 이재호는 울음을 삼키며 새삼 밝혀진 딸 아이를 꼭 껴안고 돌아섰다. 사랑하는 사람의 죽음 앞에서 찾은 딸 아이였다. 참기 힘든 고통이었으리라.

딸애 아빠 이재호는 여배우가 모델로 있는 국내 굴지의 재벌회사 3세. 팔순이 넘은 재벌총수의 유일무이한 손자이자 승계자다. 외아들인 그의 아버지는 교통사고로 일찍이 세상을 떠났다. 할아버지는 어떻게 알아냈는지 아들의 숨겨놓은 동거녀에게 막 초등학교에 들어간 핏줄이 있다는 것을 알아냈다. 손자의 외로움 따위는 아랑곳없었다. 어머니 품에서 빼앗다시피 데려온 할아버지는 유일한 핏줄인 손자 이재호를 애지중지 길렀고, 경영수업에 각별한 관심을 쏟아온 것으로 알려졌다.

그때 마침, 이재호가 지하 영안실에서 밖으로 나왔다. 대봉투를 한 아름 안은 사람이 그에게 다가선다. 대봉투를 건네준 그 사람에게 이재호는 뭔가를 거듭 당부한 뒤 돌려보낸다. 그 사람은 다름 아닌 그의 운전기사인 듯했다.

근방에서 그 광경을 보며 서성대던 나를 본 이재호가 눈짓을 보낸다. 그의 눈짓, 표정으로 보아 내게 같이 내려가지 않겠느냐, 묻고 있는 게 틀림없었다.

이재호와 나는 다시 지하 영안실로 내려갔다. 썰렁한 빈소는 아이와 외할머니, 성 작가가 지키고 있었다.

"한잔해야죠."

이재호는 밖에서 가져온 종이봉투를 내려놓고 안에 들어있는 물건들을 꺼냈다. 캔 맥주 세 개, 소주 두 병과 함께 양주도 한 병 나왔다. 그리고 땅콩과 오징어 등의 마른안주와 함께 아이와 할머니가 요기할 김밥, 빵, 음료수 등도 빠뜨리지 않고 챙겨왔다. 요깃거리는 아이를 꼭 안고 여전히 훌쩍이는 외할머니 쪽으로 밀어주고 우리, 이재호와 성 작가와 나 그렇게 셋은 곧 알코올의 유혹에 빠져들었다.

누구랄 것도 없었다. 권하고 자시고 할 것도 없었다. 술을 보자 허겁지겁 자기 취향대로 술을 마셨다. 성 작가는 말없이 소주병을 끌어당겼고, 나는 캔 맥주로 바짝 타들어가는 목부터 추겼다. 이재호는 술을 권하는 사람이 없자 슬그머니 자기가 가져온 양주를 끌어당겼다.

한참 뒤 무거운 침묵 속에 이재호가 혼잣말처럼 중얼거렸다.

"왜, 나와의 관계를 극구 밝히기 주저했을까…요. 저 여자는?"

저 여자란 지성미를 가리킨 듯싶었다.

"그 점, 우리도…."

나는 금세 '우리'를 내세우며 민감한 반응을 보였다. 하지만 성 작가는 별 반응이 없는 채 여전히 술만 홀짝거렸다.

"참, 저 여자, 알다가도 모를 여자라는 생각이 들어…요."

이재호는 땅이 꺼질 듯 깊은 한숨을 내쉬며 말을 더듬거린
다. 성 작가와 나로부터 무슨 얘기인지를 듣고 싶어 하는 눈치
가 분명하다.

성 작가도, 나도 선뜻 입을 열지 못했다. 하지만 나는 곧 그
녀의 돌연한 죽음에 관한 한 이재호의 감정과 크게 다르지 않
다는 생각이 들었다. 지성미에 관한 한 알 것 같다가도 어느
순간, 아는 게 아무 것도 없다고 느낄 때가 한두 번이 아니었기
때문이다.

따지고 보면 그녀에 대한 성 작가와 나의 감정은 그 깊이와
너비가 이재호의 사랑과는 비교될 수 없을 것이다. 무엇보다
그 끌림의 개념이 다르기 때문이다. 이재호처럼 소유욕이 전
혀 담보되지 않은 끌림이랄까. 그런 점에서 성 작가와 나의 그
녀에 대한 감정은 보호본능에 가깝다고 볼 수 있다.

어느 날, 성 작가는 작품을 쓰고 있는 수유동 그린파크호텔
커피숍으로 나를 불러냈다. 자기가 쓰는 TV 드라마의 여주인
공 후보를 PD가 데려온다며 넌지시 와서 선을 보아달라는 부
탁이었다. 당시 나는 연예기자였다. 호기심이 발동한 건 당연

했다. 하지만 그때 나는 솔직히 그 여배우의 가능성을 눈여겨 보진 않았었다.

성 작가는 나와 달랐다. 한눈에 그 신인 탤런트의 가능성을 엿본 듯했다. 호텔 근처 음식점에서 점심을 먹으며 마신 반주로 취한 성 작가가 그 풋내기에게 보내는 눈빛이 보통 심상치 않았다.

그들 일행과 헤어진 뒤 나는 다짜고짜 성 작가를 윽박질렀었다.

"야 너, 혹여 저 애송이 탤런트에 흑심 품고 있는 거 아냐?"

"기자 코 아니랄까, 벌써부터 스캔들 냄새 맡는 거냐?"

"인마, 너의 그 눈빛이 그렇잖아?"

"내 눈빛이 어때서?"

"게슴츠레한 게―."

"천박한 말투라니―."

"끝내 이실직고 안 하겠다, 그거지?"

성 작가는 갑자기 착 가라앉은 목소리로 내게 속삭였다.

"정말이야. 괜찮아, 그 풋내기. 풋내기답지 않게 눈빛이 살아있어!"

성낙성 작가와 나는 죽마고우였다. 그가 국가 행정고시에 합격하고도 연좌젠가 뭔가 때문에 합격이 취소되는 과정을 겪으며 방황할 때, 시나리오를 쓰게 길잡이 한 것도 나였다. 한 고샅에서 자란 성 작가는 교육자 아버지 영향을 받아 내성적인 반면, 시장에서 큰 건어물 가게를 하는 집안의 아들인 나는 매사에 사교적이며 적극적이었다. 기자직을 택한 것도 그런 성격 탓 아니었을까.

운명이라는 건 참 얄궂었다. 내가 기자를 때려 치고 여배우의 매니저가 되리라고는 누구도 예상 못했다. 기자직을 때려친다고 했을 때 제일 반가워한 건 성 작가였다. 외부세력으로부터 보호받지 못하는 언론사에 치욕스럽게 매달려있느니 때려 치는 게 백번 옳다며 장본인인 나보다 더 흥분하기를 주저하지 않았다. 연좌제로 일단 좌절을 맛본, 그 다운 흥분이었다.

나는 회사로부터 권고휴직을 당했다. 당분간 회사가 부를 때까지 쉬고 있으라, 일종의 경고성 조치였다. 나는 고민했다. 아니, 성 작가 이상으로 흥분을 가누기 힘들었다. 부당한 조치다, 윗선에 강하게 어필했지만 소용없었다. 중앙정보부의 압력을 회사인들 어떻게 할 수 없다는 얘기만 되돌아왔을 뿐이다. 유신시절, 중앙정보부의 기세가 하늘을 찌를 때 일이었다.

그때는 비밀요정이 기승을 부렸다. 비밀요정의 거물, 문 마담을 건드린 게 화근이었다. 몇몇 재벌기업인이 중앙정보부장을 위로하는 비밀요정 파티에 신인 여배우, 불과 열여섯 살밖에 안 되는 미성년 신인 여배우를 접대부로 끌어들였다는 정보가 들어왔다. 나는 주저하지 않고 사실을 확인, 취재하기 위해 어렵게 문 마담을 커피숍으로 불러냈다.

하지만 문 마담은 취재 도중 자리를 박차고 나가버렸다. 그 신인 여배우가 미성년자란 말을 듣자 비밀 요정의 여왕은 어이쿠, 싶었는지 몰랐다. 그리고 그날 저녁 나는 회사 윗선에 불려갔고, 왜 하필 중앙정보부였느냐, 질타를 받았다. 그것으로 그치지 않았다. 회사는 어떤 압력을 받았는지, 끝내 나를 권고휴직이란 굴레를 씌우고 내쳤다.

그 여배우의 매니저가 된 건 어떻게 생각해도 뜻밖이었다. 하지만 여배우의 매니저를 억지로 떠맡은 건 아니다. 처음은 다소 망설이긴 했지만 그 여배우라면 한번 승부를 걸만하다, 결심을 굳히는데 그리 시간은 오래 걸리지 않았다.

좀 더 솔직히 말하자면 그 여배우는 나의 마음을 묘하게 끌어당기는 자석 같았다. 처음에는 미처 못 느꼈지만 보면 볼수록, 만나면 만날수록 거역할 수 없는 마력에 빨려들었다. 단순한 여배우와 기자의 관계일 뿐이다, 머리를 세차게 흔들며 그 묘한 흡입력을 부정했지만 마음대로 되지 않았다. 결국 나는 못 이긴 채 여배우의 매니저가 되었고, 그녀를 그림자처럼 보

살피는 것을 보람으로 삼았다. 매니저가 된 것을 한 번도 나는

후회해 본 적이 없었으니까.

님은 먼 곳에

"사실 나는, 저 여자가 무섭기도 했어요."

이재호의 푸념에 나는 설핏, 빠져있던 상념에서 깨어났다. 이재호는 혼자서 거푸 마신 술 탓인지, 취기어린 말을 계속 쏟아냈다.

"미국 유학을 가서도 저 여자와 나는 자주 연락을 했었죠. 그런데 어느 날, 갑자기 소식을 끊어버리고 말더군요. 왜 그랬을까요? 더구나 그 사이 아이를 낳았고 그 아이가 내 아이였는데 말이죠. 다른 남자가 생긴 것도 아니고, 배우가 되기 위해? 출세를 위해서? 그렇다 해도 내가 다시 돌아왔는데도 저 여자는 나를 가까이하려 하지 않았어요. 아이가 있다는 것도 계속 숨긴 채 말이죠. 너무 사무적으로만 대해주더니 다 죽게 되니까 그제야…."

이재호는 끝내 말끝을 맺지 못한다. 흐느낀 소리는 들리지 않았다. 하지만 어깨가 들썩이는 것으로 보아 필시 울음을 억제하고 있으리라.

"그럼 두 분이 처음 알게 된 건?"

성 작가가 이재호를 위로하려는 듯 조용히 물었다.

"육 년은 더 되죠, 아마."

"그때도 지성미는 탤런트였을 텐데?"

"빛을 못 봐서인지, 좀 실의에 빠져있었던 것 같았어요. 우리가 처음 만난 건 그러니까 유학을 앞둔 내 또래들의 파티장소였었죠."

이재호의 눈빛이 갑자기 빛났다. 어쩌면 다시 그때로 돌아가고 싶은 건 아닐까. 그는 아름다운 추억을 떠올리듯 여배우를 처음 만났던 때를 들려줬다.

그날 밤 파티의 꽃은 단연 지성미, 아니 지석란이었다. 얼굴도 남달리 예쁜데다 노래 솜씨 또한 좌중을 압도하기에 충분했다. 김추자가 불러 유행한 노래 '님은 먼 곳에'가 열창 되고, 앙코르로 다시 '월남에서 돌아온 김 상사'를 뽑았을 때는, 거칠게 없는 부잣집 자제들의 찢어진 입이 다물어 질 줄을 몰랐다.

감탄의 박수갈채와 더불어 여기저기 바지씨들의 술잔 공세가 그녀에게 쏟아졌다. 극구 사양했지만 소용없었다. 술이 술을 마신 끝에 꼭지가 돌고만 지석란. 급기야 위통의 엄습에 시달린 그녀는 좌석의 분위기를 살피면서 조심스럽게 밖으로 빠져나왔다. 정신이 혼미해지는 것도 걱정이지만 무엇보다 배가 뒤틀리고 토하고 싶은 충동을 어쩌지 못했다. 그녀는 뒤뜰 담벼락에 고개를 파묻었다. 웩, 술에 뒤범벅이 된 음식물을 시원하게 쏟아내고 있었다.

바로 그때, 누군가 석란의 등을 두드려 주는 손이 있었다, 듬직한 손길. 후닥닥 돌아선 지석란의 게슴츠레한 눈앞에 걱정스런 얼굴 하나가 들어왔다.

"실컷 토하고 나면 나아질 거야."

"……."

지석란은 무슨 말인가 하고 싶었다. 하지만 입술이 떨어지지 않았다.

"안 되겠어. 집에 데려다줄까?"

지석란은 고개를 끄덕였다. 몽롱한 의식 중에 그 듬직한 손길이 왠지 싫지 않았다.

"우리, 오늘 밤새 드라이브해요!"

불쑥, 지석란의 입에서 튀어나온 말이었다. 술기운 때문이었을까. 별장을 빠져나가는 승용차에 흔들리면서 그녀는 이 나른한 기분을 오래오래 즐기고 싶었다.

"저는 정말 외롭게 자랐어요. 어머니 품을 떠나 할아버지 손에서 자랐고, 사람에 대한 그리움보다 그룹회사 후계자로서 의 자질을 더 걱정해야 하는 환경에 갇혀있을 때였죠. 나는 죽기 살기로 저 여자를 사랑했습니다. 유학을 마치고 돌아와서 저 여자를 찾았을 때도 나는 그녀의 사랑을 믿었어요. 하지만 저 여자는 많이 달라져 있었어요. 어쩌다 만나면 입버릇처럼 스타덤을 구축해가는 중요한 시기라며 한사코 나를 멀리하려 했었죠. 내 투정을 경계하는 태도였어요. 그래서 저 여자가 바라는 대로, 여배우로 탑에 이를 때까지 기다려주자, 그랬는데 결국 그게 잘못이었다는 것을 깨달은 겁니다. 좀 더 적극적으로 그녀의 인생에 끼어들었다면, 좀 더 강하게 여배우 생활을 포기하게 했더라면 저렇듯 허망하게 보내진 않았을 거 아닙니까?"

이재호의 절규에 가까운 말에 성 작가와 나는 할 말을 잃었다. 여배우의 죽음만 놓고 본다면 이재호의 말이 백번 옳다는 생각이 들었기 때문이다.

나는 이재호가 마시던 양주병을 끌어당겼다. 그리고 물었다.

"그럼, 아이는?"

"전혀 몰랐죠. 미국으로 떠난 뒤에도 하루가 멀다 하고 연락을 주고받았지만, 무엇 때문인지 어느 날 갑자기 소식을 끊어버렸으니까요."

"말 못 할 사정이 있었겠지."

성 작가가 이재호의 흥분을 가라앉히려는 듯 거들었다.

"지성미는 여느 여배우와는 달랐죠. 권력이나 마담뚜로부터 자신을 지킨, 몇 안 되는 여배우 중 하나니까!"

나는 불쑥 목소리를 높였다. 취기 때문이었을까. 왜 하필 지금, 유신시대 때 '여배우의 수난'을 머리에 떠올렸는지 몰랐다.

전에도 비밀요정이 전혀 없었던 건 아니다. 하지만 유신시대에 접어들면서 비밀요정은 더욱 더 기승을 부렸다. 당시 분위기로 보아 여배우들은 채홍사라는 이름을 앞세운 권력이나, 마담뚜의 유혹을 곁들인 비밀요정을 외면하기가 그리 쉽지 않았다.

당시 여배우들의 수입은 급격히 하향곡선을 달렸다. 유신정부의 온갖 규제와 제약 탓도 있었지만 영화계에 불어 닥친 불황 때문이었다. 영화제작이 눈에 띄게 줄었고, 배우들의 주머니 또한 홀쭉해졌다.

그나마 호황을 누린 건 TV 드라마. 이른바 탤런트라는 이름의 TV 연기자 인기가 영화배우 뺨 칠 정도로 높았다. 하지만 수입 면에서는 역시 몇몇 특정 탤런트를 제외하고는 내세울게 못 되었다. 주목받는 인기 탤런트라 해도 등급제라는 덫 때문에 인기에 걸맞은 수입을 보장받기 힘들었다. 주머니 사정이 목마른 건 영화배우나 마찬가지였다.

결국 여배우들이 빠지는 길은 뻔했다. 비밀요정이나 마담뚜의 유혹에 기대는 수밖에 없었다. 그래서 '유신시절 여배우들을 먹여 살린 건 비밀요정이었다'는 푸념, 개탄의 소리가 영화계 안팎에 파다했었다.

엎친 데 덮친다던가. 그 무렵 여배우들을 하루아침에 윤락녀로 추락시키는 사건이 터졌다. 바로 1975년의 영화 방송 연예계를 발칵 뒤집어놓은 박종근 스캔들. 종교재벌 2세 박종근은 외환관리법 위반으로 잠복근무를 하던 형사대에 의해 새벽에 그의 집에서 체포되었다. 체포 당시 그의 침대에는 알몸의 신인 여배우가 누워있었다. 그 신인 여배우의 입에서 불쑥 "돈을 받고 잠자리를 했다"는 말이 튀어나왔다. 선망의 여배우들이 눈 깜짝할 사이 윤락녀라는 오명을 뒤집어쓰고 만 것이다.

기다렸다는 듯 출처가 불분명한 윤락 여자 연예인 명단이 여기저기서 나돌았다. K모, L모, Y모 등등의 영문 이니셜이 춤을 추기 시작했다. 연예계는 연예계대로, 영화계는 영화계대로, 방송계는 방송계대로 이른바 윤락녀 색출작업에 수선을 떨었다. 해당되지 않은 여배우가 거의 없다는 게 당시의 분위기였지만.

"나는 당시 기자로서 자신 있게 말 할 수 있어요. 지성미를 의심할 만한 징후는 방송, 영화 어느 쪽에서도 나타나지 않았습니다!"

나는 목이 말랐다. 술잔을 끌어 당기는데 성 작가가 다소 흥분된 어조로 한마디 덧붙였다.

"저 친구의 얘기, 진실입니다. 아무리 마음이 괴로워도 사랑하는 사람을 의심하는 건 좀 그러네요."

"아, 아닙니다. 저 여자를 의심해서가 아닙니다. 나 자신을 원망하는 겁니다. 후회하는 겁니다. 좀 더 적극적으로 나서지 못한 회한 때문입니다!"

이재호의 격정적 반발에 성 작가와 나는 한발 물러섰다. 그 여배우를 여느 여배우처럼 의심하는 것 같아 과잉 반응을 보인 게 쑥스럽기도 했다. 아니다. 이재호의 회한이 나와 성 작가의 마음에 충분히 전달되었기 때문인지 모른다. 여배우에 대한 그의 사랑이 새삼 가슴에 와닿았다.

그때였다. 쥐 죽은 듯 한쪽 구석에서 아이를 끼고 앉았던 여배우의 친모가 조용히 우리들 가까이 다가왔다. 그리고 손에 들려있는 노트 한 권을 내게 내밀며 말했다.

"저 애 어미가 일기인지, 수기인지 적어놓은 노트예요. 죽기 전날 두 분께 꼭 전해달라고 하더군요."

친모는 노트를 나에게 건네주며 이재호의 곁에 조용히 앉았다. 그리고 차분한 어조로 이재호에게 말했다.

"노트에 적어놓은 거 보면 어미는 아범밖에 몰랐던 같아. 다만 아범이 재벌 후손이라는 걸 두고 좀 고민하는 눈치였었지. 미국에 가 있는 아범과 소식을 끊은 건 아이를 가진 걸 안 뒤였던 것 같아. 뚜렷한 이유는 적어놓지 않았지만, 짐작컨대 누구에게인지 얹히고 싶지 않은 자존심 때문이었을 거란 생각이 들어요. 어미는 어렸을 때부터 꼴통이었어요."

잠시 말을 끊고 눈을 감았던 여배우의 어머니는 한참 만에야 다시 말을 잇는다.

"딸애의 남다른 고집은 어렸을 때부터였었지. 일찌감치 성격 교정을 단념할 정도로. 세 살 버릇 여든 갈까 두려워 매를 들었다가, 거품 품고 눈 뒤집고 까무러친 딸애를 본 뒤부터 그 애를 거스른다는 건 곧 죽이는 거나 다를 게 없다고 생각했었지요. 다른 건 다 참을 수 있었어요. 딸애가 지아비 밝히기를 마다하며 아이를 낳겠다고 고집을 부렸을 때는 거품 품고, 눈 뒤집고, 까무러치는 한이 있더라도 딸애를 실컷 두들겨 패주고 싶었던 일이 어제 일처럼 눈에 밟혀요."

여배우의 어머니는 다시 말을 끊었다. 목이 메여오기 때문일까. 아니면 요절한 딸애가 못 견디게 그리워서일까. 어머니는 아직 할 말이 더 남아 있는 듯 입을 열었다.

"일찍 남편을 잃고 혼자 몸으로 하나뿐인 딸애를 길렀어요. 두 선생님들도 알다시피 안암천을 끼고 늘어선 조그마한 한옥에서 딸애는 태어나고 자랐지요. 지금도 그 집에 살고 있지만. 처음은 대부분의 한옥들이 그렇듯 우리도 대학생들 하숙을 치렀어요. 하지만 딸애가 여고생이 되면서 문간방을 그것도 여학생에게만 내주고 나는 근처 안암동시장에서 분식점을 하며 생계를 꾸려갔는데, 탤런트가 된다던 딸애가 어느 날 갑자기 아이를 낳고 혼자 기른다고 했을 때…."

끝내 어머니는 말을 맺지 못한다. 흐느끼고 있음이 분명하다. 여배우의 어머니 머리에는 지금 온갖 상념이 거미줄처럼 얽혀 있을 게 분명하다. 특히 뜬금없이 아이를 낳겠다고 고집 부렸을 때, 대책 없는 딸을 강원도 친정으로 내려보내 분만을 도왔던 일을 후회하고 있는 건 아닐까. 아이 아비가 누구냐고 묻지 않았던 어머니, 어쩌다 그런 일을 저질렀느냐고 넋두리

나 질책 같은 것도 전혀 하지 못했던 어머니, 조금도 괴로움을 내색하지 않고 방법을 생각해 내자 곧바로 밀어붙였던 여배우 어머니의 말 못 할 고통이 내 눈앞에 어른거렸다.

이재호가 무슨 말인가 하려 들었다. 하지만 어머니는 좀 전의 슬픔과 고통을 안으로 잠그고 조용히 자리에서 일어서 슬그머니 아이가 자고 있는 쪽으로 가버렸다.

"자 이제 그만, 우리도 눈 좀 붙입시다. 그래야 내일 새벽 일찍 서둘러 장지로 떠나지 않겠소."

성 작가가 나섰다. 나 역시 성 작가의 의견에 별다른 이의는 없었다. 지성미에 대한 온갖 의문과 원망이 뒤범벅이 된 이재호도, 아까 애 할머니가 들려준 얘기의 영향 때문인지, 성 작가의 말에 동조하는 듯 고개를 끄덕였다.

나는 여배우가 남긴 노트를 조심스럽게 간직하고 벽에 기댄 채 눈을 감았다. 하지만 좀처럼 잠은 오지 않았다. 여배우가 남긴 노트가 손에 있으니까 더욱 더 궁금한 게 많았다. 여배우의 돌연한 죽음, 아이 아빠인데도 이재호를 선뜻 받아들이지 않은 이유, 그리고 권력의 압력과 비밀요정의 유혹을 지혜롭게 피할 수 있었던 까닭 등등 궁금한 게 한두 가지가 아니었다. 세상의 억측과 미스터리는 고사하고 측근으로서의 궁금증부터 풀고 싶은 마음에 나는 거의 안달이 나 있었다.

이른 아침, 영구차가 도착했다는 전갈이 왔다. 영안실에 앉아있던 나와 성 작가, 이재호와 딸 아이, 눈에 눈물 자국이 가시지 않은 망자의 어머니는 약속이나 한 듯 자리에서 일어났다. 그리고 밖으로 나왔다.

여배우의 사체를 넣은 관은 어느새 영구차에 실려 있었다. 쉬쉬, 주위의 눈치를 살피며 치르는 장례였다. 절차나 의식에 구애받을 필요가 없는 터라, 영구차는 나와 성 작가가 차에 오르자 서둘러 장례식장을 빠져나갔다.

아이와 할머니는 이재호의 승용차에 동승했다. 장지는 이재호의 어머니가 묻힌 곳으로, 누구보다 이재호만이 가는 길을 잘 알았다. 영구차는 이재호 일행이 탄, 앞서가는 승용차를 따라가면 그만이었다.

승용차는 통일로로 빠지지 않았다. 자유로로 가는 것 같지 않았다. 서오릉으로 빠지는 듯하더니 원당을 거쳐 파주로 가는 지방도로에 들어섰다. 이재호는 영구차가 남의 눈에 띄는 걸 꺼려하는 눈치인 듯싶었다.

"어디로 해서 가는 건가?"

침묵이 답답했다. 팔짱을 낀 채 눈을 감고 있는 성 작가를 흘깃 보며 나는 중얼댔다.

하지만 성 작가는 별반 반응을 보이지 않는다. 무슨 생각을 그리 골똘히 하는 걸까? 아니면 깊은 수면에 빠진 때문일까?

"이봐, 성 작가!"

나는 그의 어깨를 왼쪽 어깨로 슬쩍 밀쳤다. 그리고 말했다.

"어젯밤, 여배우가 남긴 일기를 대충 읽었는데―"

"그래? 지성미가 왜 그처럼 죽음을 헌신짝 버리듯 팽개쳤는 지도 적어놨어?"

성 작가의 반응은 의외로 빨리 나타났다.

"당연히 적혀있지."

"뭐래? 죽음을 헌신짝처럼 버린 까닭이?"

"그 이유는 뜻밖에도 너무 간단해. 명료하기도 하고."

"뜸 들이지 말고 빨리 말해봐."

"말로 하느니 직접 그 대목을 읽어줄게."

나는 손에 들고 있는 여배우의 일기를 펼쳤다. 그리고 유방 암을 처음 알았을 때, 그녀의 심경을 적어놓은 대목을 읽어 내 려갔다.

오늘 병원에서 사형선고를 받았다. 오래 버텨야 3개월을 못 넘길 거라고 담당 의사는 말한다. 이렇게 만신창이가 될 때까지 통증도 느끼지 못 했느냐고 의사는 혀를 내둘렀다.

지독한 꼴통이라고 나무라는 눈치다.

그래 나는 꼴통이다. 아니 고집불통이었다. 몇 달 전부터 옷을 입고 벗을 때, 브래지어를 착용할 때 왼쪽 겨드랑이에 뭔가 잡히고 아팠던 걸 대수롭지 않게 여긴 게 이처럼 크게 일이 벌어질 줄 몰랐다. 이토록 나를 죽음으로 몰아붙일 줄 정말 몰랐다.

너무 앞만 보고 간 게 잘못이었을까? 언젠가 성낙성 선생님과 조기동 선생님이 누차 내게 쉬엄쉬엄 가자, 바삐 가지 말자고 귀가 따갑도록 말해온 게 생각난다. 건강을 잃으면 전부를 잃는다며, 병원에 입원해서 메디컬 체크도 받고 휴식도 취해야 한다던 그분들의 충고를 나는 내 건강과 결심만 믿고 외면한 채 무작정 달리기만 했다. 그게 그처럼 잘못이었을까? 잘못을 뉘우치기에는 너무 늦었다는 말인가?

여섯 살배기 딸 아이가 눈앞에 어른거린다. 울컥, 화가 치민다. 내 우둔한 처신에 대한 울화다. 아, 하느님. 세상을 너무 가볍게 본 저의 교만을 용서할 순 없는지요? 앞만 보고 달린 게 그토록 잘못한 일일까요.

"그렇게 몰랐을까?"

성 작가가 한숨을 내쉬며 투덜댄다. 잔뜩 부르튼 얼굴이다.

"설마 했겠지. 죽음이 그처럼 빨리 찾아오리라고 상상이나 했겠어."

내 말이 끝나기 무섭게,

"바보 멍청이! 바보 멍청이!"

성 작가는 여전히 화난 표정으로 소리소리 지르기를 서슴지 않는다.

"운명이야. 누구도 거역 못할."

"그래서 더욱 화가 치밀어. 운명이라는 게 뭐 그리 대수라고!"

나는 더 이상 말대꾸를 하지 않았다. 성 작가의 흥분이 도를 넘고 있는 것 같았기 때문이다. 자칫 그 흥분이 더 나가다가는 끝내 그가 울음보를 터뜨리고 말 것 같은, 아슬아슬한 불안이 내 입을 봉쇄해버린 것이다.

여배우의 죽음은 한마디로 '방심'이었던 것 같다. 어쩌면 그건 무모한 대시였는지 모른다. 하지만 여배우가 남긴 기록을 보면, 당시 그녀의 각오와 결심은 선택의 여지가 없었으리라는 생각도 들었다.

무거운 침묵 속에, 나의 머리에는 어제저녁 읽은 여배우의 일기가 다시 떠올랐다. 딸 아이를 분만하고 방송사를 찾아 나선 그녀의 각오와 절박함이 잘 묻어난 기록이었다.

두드려라, 열릴 것이다

1972년 '10월 유신'이 선포된 지 어느새 6개월. 그동안 이 나라는 엄청난 변화를 강요당했다. 군부 세력에 의해 국회는 해산되었고, 정부의 헌법안 공포로 눈 깜짝할 사이 개헌 국민투표, 통일주체국민회의 대의원 선거, 박정희 8대 대통령 취임, 유신헌법 공포 등으로 숨 가쁘게 돌아가고 있었다.

우수 경칩이 지났지만 아직 아침저녁으로 쌀쌀한 이른 봄 나른한 오후 3시. 여배우, 아니 지석란은 방송국을 찾았다. 그리고 '탤런트실'이란 팻말이 붙은 문 앞에서 짐짓 걸음을 멈춘다.

얼마 만인가. 1년 전만 해도 무상으로 드나들던 저 문.

그냥 쓰윽 밀고 들어서면 그만인 그 문이, 왜 그리 철문으로 다가오는 걸까. 그만큼 내게는 1년이 10년처럼 느껴졌다.

1년 전의 내 모습이 떠오른다. 산부인과 병원에서 임신 3 개월이란 말을 듣고 하늘이 노랗던 일, 죽기를 결심하고 집을 나온 지 30분도 채 못돼 아이를 낳기로 마음을 바꾼 일, 그리고 강원도 옥계 어머니의 친정에 가서 아이를 분만한 일…. 일순 뚜렷하게 떠오른 아이의 얼굴이 눈앞에 확 다가선다.

나는 입술을 깨문다. 그래, 정면에서 맞닥뜨리자. 나 자신은 물론 아이를 위해 무엇을 망설이겠는가. 다시 한번 마음을 다지며 탤런트실 문을 열려고 손을 뻗는데 등 뒤에서,

"야, 너 석란이 아니냐?!"

하면서 어깨를 툭 치는 손. 흠칫 돌아선 눈앞에 웬 무당 차림의 여자가 우뚝 서있다, 반가움과 놀라움이 섞인 그 얼굴은 어딘가 낯익은 모습이지만 나는 무당분장을 한 그녀를 쉽게 알아보지 못했다.

"나야, 나. 운실, 강운실이란 말이야, 얘!"

"아, 그래! 너였구나, 강운실!"

나는 그녀의 손을 덥석 잡는다. 그제야 운실을 알아본 것이다. 그렇지 않아도 망설임을 무릅쓰고 방송국에 간 것은 순전히 운실의 소식을 알기 위해서였다.

"때마침 오늘 녹화가 있어 다행이다, 얘!"

나는 하늘이 도왔다고 생각한다. 하지만 운실은 무당분장을 한 자신의 모습이 좀 쑥스러웠던 모양이었을까.

"맨날 돌아온 역할이 겨우 이거야."

"그게 어때서. 무당 역, 아무나 맡는 역할이니! 그만큼 연기력을 인정받았다는 얘기 아냐!"

"그런가? 하긴 이만한 역할이라도 주는 걸 고마워해야 되겠지."

말꼬리를 약간 올려 감정을 얼버무린 운실. 짙게 분장한 얼굴 어딘가에, 연기력 운운하는 나의 우정을 그대로 받아들이는 흐뭇함이 어려 있다.

녹화가 있는 운실을 마냥 붙들고 있을 순 없었다. 나는 얼른 내일 만날 시간과 장소를 정한 뒤 운실을 풀어준다. 그리곤 곧장 방송국을 빠져나왔다.

강운실. 남의 어려움을 잘 챙기고 분위기에 잘 적응하는 성격이었다. 동기 탤런트 모임의 총무이기도 했지만 궂은 일도 마다하고 솔선수범하는 근면성 때문에 탤런트 선후배, PD들 사이에서도 자못 신망이 두터웠다.

운실은 빼어난 미모는 아니다. 하지만 연기의 잠재력이 남달랐다. 성격이 좋고 연기력이 뒷받침되어 일정기간의 교육이 끝나자 다른 동기와 달리 곧잘 크고 작은 역할을 맡

곤 했다. 말하자면 출발부터 성격배우가 될 가능성을 인정
받은 셈이다.

나는 어땠을까?

"야, 너 그 뾰족한 말투부터 고칠 수 없냐?"

운실이 기회 있을 때마다 따가운 충고를 할 만큼 나의 언
행은 거칠고 드셌다. 뭐든 고분고분 하는 법이 없었으니까.
어쩌다 PD가 심부름을 시키면,

"그걸 꼭 제가 해야 합니까?"

거칠게 반발하지 않았던가. PD와 AD들은 하나둘 내게
서 눈길을 돌리게 되고, 운실은 그런 나를 누구보다 안타까
워했던 일이 어제 일 같기만 하다.

운실의 안타까워하는 마음이 눈에 밟히자 나는 절로 주
먹이 쥐어졌다. 운실아, 이제 나 잘 할 수 있어! 뒤미처 선명
하게 떠오른 영상 하나. 얼마 전 내가 낡은 핏덩이다 나는
다시 입술을 깨물며 중얼거린다.

나 정말 달라졌어, 운실아! 말투도, 행동도 절대로 그 전
처럼 멋대가리 없이 굴지 않을 게. 지금의 나, 이것저것 가
리고 따질 처지가 아니거든. 운실아, 도와줘. 나 돈 벌어야
돼. 연기자로 성공해야 한다고!'

나는 불끈 쥔 주먹에 더욱 힘을 집어넣었다.

약속한 커피숍에 들어서자 먼저 와있던 운실이 벌떡 일어나 내게 손짓한다.

"왜 이렇게 늦었냐?"

귀엽게 눈을 흘긴 운실. 약속 시간은 아직 10여 분도 더 남았는데 말이다. 어제의 녹화로 피로가 채 풀리지 않은 부석부석한 얼굴이지만 자신의 피로보다 친구의 일이 더 걱정인 얼굴이다. 내가 자리에 앉자 운실은 뭐가 궁금한지 숨가쁘게 이것저것 물어왔다.

"도대체 그동안 어디로 증발한 거야? 그 사이 왕자라도 생긴 거야? 그런 거야? 그 왕자와 밀월여행이라도 갔다 온 거냐고? 아니, 행여 그새 애 엄마라도 된 건 아니지?"

"야, 너 무슨 말을?"

나도 모르게 버럭 옥타브를 높였다. 농담인 줄을 몰라서가 아니다. '애 엄마'란 말에 도둑이 제 발 저린 건 아닐까.

몹시 당혹해 한 운실은 농담이 좀 지나쳤다고 생각했는지 금세 사과하기를 주저하지 않았다.

"미안, 미안. 반가움에 그만 농담이 지나쳤나 봐."

"아냐, 미안한 건 내 쪽이지. 그동안 어머니의 병간호에 좀 지쳐있었던 것 같아."

나도 신경과민을 후회하며 무심코 어머니 병간호를 핑계 삼는다.

"그랬구나. 그동안 어머니가 아팠구나. 근데 어머니의 병세는?"

"아니, 뭐 대단한 병은 아니고….."

"그래도 그렇게 오래 병간호를 해야 했다면?"

"유방암이었어. 초기여서 수술이 잘 끝났어. 원체 건강한 분이라 회복도 빨랐던 것 같아."

"다행이다, 얘."

거짓말이란 처음 운을 뗄 때가 어렵다. 일단 잘 먹히면 다음부터는 술술 잘 풀려나간다. 내가 생각해도 놀라운 순발력, 변신이랄까.

사실상 우리 엄마는 암은커녕 너무 건강하다. 10여 년 전, 내가 초등학교 4학년 때 아빠와 사별하고 오직 하나밖에 없는 딸, 나만을 위해 살아오는 분이다. 살고 있는 안암동 집 근방 시장에서 분식점을 해온 지 어느새 7년, 하루도 장사를 거르는 일없고, 한 번도 고달프거나 괴로운 기색을 내보인 적 없는 억척 엄마다. 그런 엄마를 핑곗거리로 삼다니, 나는 바늘로 가슴을 찌르는 아픔을 느낀다.

"얘, 뭘 그리 심각해?"

"심각? 내가?"

"침통할 정도거든."

"그래? 좀 지쳐 있었기 때문일 거야."

"아무튼 본론에 들어가자. 아니, 내가 먼저 말 할께. 너 탤런트 다시 시작하려는 거지?"

"맞아!"

내 옥타브가 다시 튄다. 그리고 숨도 쉬지 않고 말을 잇는다.

"다시 시작해야 해! 꼭 해야만 돼! 자존심이고 뭐고 다 죽였어! 잘 할 거야. 나 엄청 변했다! 정말 변했어!"

나는 말끝마다 변했음을 거듭 강조했다.

"알았다. 알았다고."

운실은 나의 다급해진 처지를 눈치챈 걸까. 좀처럼 자신을 오픈하지 않은 내가 그렇듯 서두르고 있다면 보통 절박한 사정이 아닐 거라고 여겼을 법하다. 좀처럼 남을 의심하지 않은 운실은 내 '절규'를 그대로 믿는 눈치다.

"당장 이환율 씨를 만나보지 않을래?"

뭔가 곰곰이 생각하던 운실이 운을 띄운다.

"이환율 씨? 뭐 하는 사람이지?"

"드라마 AD야."

방송국 물을 1년 쯤 먹어본 나는 AD가 조연출자라는 것쯤 금방 알아차렸다. 그런데 PD가 아니고 왜 AD인가. 운실의 속내를 알 수 없어 나는 운실의 얼굴만 빤히 쳐다보았다.

"나와 아주 친한 AD야. 나를 무척 예뻐해 주는 사람이지. 한번 만나 진로를 상의해 보는 게 좋을 듯해서."

운실의 입가에 웃음기가 번진다. 자기에게 몸이 달아있는 이환율 AD의 얼굴을 떠올리자 절로 나온 웃음인 듯하다. 나는 운실의 웃음이 무척 행복해 보인다고 직감했다.

운실은 쇠뿔도 단숨에 빼야 한다며, 점심을 먹은 뒤 어딘가에 전화를 걸었다. 그리고 서둘러 나를 끌고 택시를 집어탔다.

이환율 AD는 다음 야외촬영 장소를 헌팅하기 위해 막 외출을 서두르는 참이었다고 한다. 다른 사람이었다면 나 바빠요, 그냥 전화를 끊어버렸을지 모른다. 하지만 상대가 다름 아닌 운실이었기 때문일까. '특별'이라고 강조한 그녀의 면담을 이 AD가 거절할 수 없었으리라 짐작이 갔다.

이환율 AD. 그는 지금 진행 중인 드라마를 끝내면 PD로 승진될 사람이라고, 약속장소로 가는 택시 속에서 운실이 귀띔해준다. 언뜻, 의외로 일이 잘 풀릴 것 같은 예감이 머리를 스친다.

평창동에서 정릉으로 넘어가는 북악터널 못미처 올림피아호텔 커피숍. 나와 운실이 도착해서 막 자리에 앉으려는데 이환율 AD도 헐레벌떡 뒤따라 들어온다. 바짝 말라 바지가 헐렁해 뵈는 그는 본능적으로 운실의 옆에 엉거주춤 서있는 나와 눈과 마주쳤다.

"엇, 거긴?"

"네, 지석란이에요. 그동안 별고 없으셨죠?"

"근데, 거긴…"

"탤런트 집어치우려 했었죠, 한 때는요."

"지금은 마음을 바꿨다, 그건가?"

"맞아요. 변신을 꾀해 보려고요."

"변신?"

"언제까지 그렇게 서있을 거예요."

그때 운실이 끼어들었다. 서먹해 할 것 같았던 나와 이환 율 AD의 대화는 의외로 스무드하게 풀려나간다. 천만다행 이라고 생각한 운실이 분위기를 바꾸려는 듯 서둘러 우리 를 자리에 앉혔다.

나에게 이 AD는 낯설지 않다. 이름은 선뜻 생각나지 않 았지만 얼굴을 대하자 특히 여자 탤런트들에게 인기가 좋 았던 기억이 되살아났다.

"그래, 그동안 왜 방송국에 발걸음을 끊은 거지?"

"그럴만한 사정이 있었대나 봐요."

운실이 옆에서 거든다. 나의 대변인이라도 된 것 같은 말 투로.

"어머님이 유방암이셨대요. 하지만 초기여서 수술이 잘 되었다지 뭐예요."

나에게 있었던 그간의 피치 못할 사정을, 운실은 마치 자신의 일처럼 소상히 들려준다. 그녀의 표정엔 적당한 슬픔도 어려 있다. 탁월한 연기력일까.

'역시 운실 씨의 연기는 알아줘야 해.' 이 AD의 입가에 살짝 웃음이 번진다. 친구의 일에 그토록 열성인 운실이 그만큼 귀여웠는지 모른다. 그건 곧 나의 사정을 이해하고 있다는 의미로 해석되었다.

"노력은 기본이고 뭣보다 인내심이 필요할 거야."

이 AD는 운실의 부탁도 부탁이지만 나의 가능성에 더 무게를 두는 눈치다. 1년간 방송국 출입을 끊은 사유서를 제작부와 탤런트실에 각각 제출할 것과, 제작부의 PD들과 AD들, 탤런트들 사이에서 '지석란이 진짜 달라졌다'는 걸 보이는 피나는 노력을 당부하고 그는 자리를 뜬다. 야외녹화장소 헌팅 때문에 더 이상 시간을 빼앗길 수 없다는 듯.

운실도 나와 헤어지면서 손을 꼭 붙잡고 용기와 희망을 심어주기를 잊지 않았다.

"충분히 해낼 수 있을 거야, 넌! 좋은 소식이 있을 거야, 꼭!"

"그 여배우에게 그처럼 글재주가 있을 줄이야."

나는 지석란이 쓴 자상한 기록에 새삼 탄복하지 않을 수 없었다.

"그러게 말이야. 소설가로도 손색이 없을 솜씨야. 한마디로 재기가 철철 넘치는 여배우였는데….”

감탄을 마지않던 성 작가는 금세 시무룩해진다. 그 아까운 재주 덩어리를 잃은 아쉬움과 슬픔에 다시 빠져버린 듯.

그 여배우의 눈물겨운 도전은 그렇게 동기 탤런트 강운실의 도움으로 문이 열린다. '청 하여라, 너희에게 주실 것이다. 찾아라, 너희가 얻을 것이다. 문을 두드려라, 너희에게 열릴 것이다.' 바로 성경 말씀(마태복음 7, 7~9)대로 실행하려는 여배우의 도전과 의지가 얼마나 절박하고 절실했는지 짐작하고도 남았다.

지푸라기라도 잡아라

　나와 성 작가가 탄 영구차는 계속 좁은 길을 앞서가는 승용
차를 따라 달리고 있었다.

　"여배우가 아이를 낳은 뒤 변해도 너무 변한 것 같아."

　"그럴 수밖에 없었을 거야."

　졸고 있는 줄 알았던 성 작가가 뜻밖의 반응을 보였다.

　"그렇게 절실했을까?"

　"그럼, 어떻게 해. 홀로 아이를 길러야 할 판국에."

　"그래도 그렇게 달라질 수 있느냐, 그거지."

　"뭘 어떻기에?"

　"지푸라기도 놓치지 않으려는 그 안간힘이 눈물겨울 정도
야."

나는 다시 여배우가 적어놓은 노트를 펼쳤다. 엑스트라나 할 단역도 마다하지 않고 해냈을 뿐 아니라, 그 일로 말미암아 그녀에 대한 이미지를 확 바꿔놓은 기록을 나는 감동 어린 목소리로 읽어 내려갔다.

"집에 있었구나."

아침 10시가 지나기 전인데 강운실한테 전화가 걸려왔다.

"백수가 집에 있지 어딜 가냐."

반가운 목소리로 전화를 받았지만 운실은 금방 말을 되받지 않는다. 뭔가 망설이는 눈치다.

"뭘 망설여? 할 말 있음 하지."

"그래, 이환율 AD가 널 보재."

"이 AD가? 역할 주겠데?"

"역할은 역할인데…."

"망설이지 말고 얘기하라니까."

"근데 그게, 석란아…."

운실은 여전히 뜸을 들인다.

나는 급히 외출복을 갈아입고 방송국으로 달리는 택시 속에서 운실의 마음을 읽었다. 대사 몇 마디 없는 단역을 과연 자존심 강한 내가 받아들일까? 그게 운실에게는 걱정이었을 게 분명하다.

내가 지금, 쌀밥 보리밥을 가릴 땐가, 망설일 까닭이 없었다. 운실이 더듬거리며 별 볼 일 없는 역할이라는 걸 조심스럽게, 그리고 자세히 들려줬지만 귀엔 그 말이 잘 들어오지 않았다. 역할을 준다는 거, 오직 그 생각만이 내 머리를 꽉 차 있었을 뿐이었다.

내가 방송국 드라마 제작부에 당도한 건 11시 30분 쯤. 이환율 AD가 막 자리에서 일어나다 말고 숨을 헐떡대며 들어서는 나와 맞닥뜨렸다.

"아니…?"

이 AD는 적이 놀라운 표정으로 엉거주춤 서 있다.

"그렇게 급히 달려올 것까진 없었는데."

"달라져야 한다며요."

나의 거침없는 대답에 이 AD가 피식 웃는다. 못내 흐뭇해하는 그런 웃음이다.

"단역이나 다름없는데. 그래도 해보겠어?"

"설마, 제가 안 하기를 바라는 건 아니죠?"

기름칠을 한 내 말을 이 AD는 되받지 않는다. 분명 확 달라진 내 모습을 본 이 AD는 말없이 책상 서랍에서 대본을 꺼낸다. 내가 맡을 역할에 붉은 언더 라인을 친 대본을 건네며, 연습 일정과 녹화날짜까지 상세히 일러준 이 AD의 얼굴은 여전히 웃음기를 지우지 않고 있다.

때마침 점심시간인가. 석란은 '약속 없음 점심 같이 할래요?' 금방 튀어나올 것 같은 이 말을 가까스로 꾹꾹 누르고 돌아선다. 보나마나 이 AD의 입에서 선약이 있어 하는 차디찬 메아리가 되돌아올 게 번해서다. 이환율이란 사람, 도무지 이해관계자로부터 대접받는 것보다 대접하기로 유명하다는 걸 익히 알고 있기 때문이다.

집으로 돌아온 나는 곧 대본을 펼치고 내가 할 역할을 살펴본다. 아니, 살피고 말 것도 없다. 처음부터 기대를 안 한 역할이 아닌가. 하지만 정작 몇 마디 안 되는 대사, 단 한 씬 밖에 안 되는 역할이 확인된 순간, 나는 갑자기 자신의 처지가 서글퍼진다. 처절한 심경에 빠져드는 걸 가까스로 입술을 깨물며 참는다.

다방 안. 술 취한 손님이 친구 같은 사람의 부축을 받으며 들어선다. "어서 오세요." 레지는 쟁반에 물을 받쳐 들고 손님이 앉은 테이블로 다가가 "차 주문하실래요?"하고 묻는다. 동행한 사람이 "차? 숨 좀 돌리고…." 말을 흐리는데, 술 취한 손님이 갑자기 "야, 짜장면 되냐?" 버럭 소리를 내지른다. '우물에서 숭늉 찾네.' 그렇게 생각한 레지는 "찻집에서 짜장면이라뇨?" 무척 황당하고 어처구니없다는 레지의 표정….

그게 바로 내가 맡은 다방의 레지 역이다. 고작 네 마디의 대사, 씬 역시 다방 안쪽 문 근처에서 서성대다 손님 테이블로 다가가서 차를 주문받는 게 고작이었다. 예상하지 않은 건 아니지만, 이건 좀 너무하지 않은가.

그러나 나는 곧 심란한 심경을 추스르고 생각을 바꾼다. 지금의 내 처지가 자존심이나 챙기고 있을 군번인가. 귀여운 핏덩이를 떠올리며 더욱 입술을 깨문 나는 다시 내친 대본을 끌어당기면서, 실로 미미한 단역이지만 최선을 다 하리라 마음을 고쳐먹는다. 아니, 비록 레지역이지만 돋보일 기회가 없을까, 대본을 꼼꼼히 살피며 그럴 만한 대목이 있는지를 되짚어 본다.

있다! 나는 곧 희망을 씹는다. 대본의 '레지의 무척 황당하고 어처구니없는 표정'을 설명하는 괄호 속 (CU)의 영문 표기에 번쩍 눈길이 간 것이다. CU는 CloseUp의 약자인 것쯤 그녀도 알고 있다. 그 장면, 레지의 표정이 클로즈업 된다면 곧 당황하고 어처구니없는 레지의 얼굴을 카메라가 바짝 끌어당긴다는 게 아닌가.

나는 연출자의 의도를 눈치챈다. 그렇다. CU된 레지의 얼굴, 그 장면에서 보여줄 연기는 표정연기다. 어떻게 하면 황당하고 어처구니없는 레지의 표정을 클로즈업 된 카메라에 담아내느냐-.

나는 얼른 화장대 앞으로 다가간다. 그리고 거울에 비친 자신의 얼굴을 찬찬히 살폈다. 내가 봐도 잘 빚어진 얼굴이다. 어딘가 서슬이 스며있는 분위기가 못내 불만이긴 하지만. 금세 웃음기로 얼굴 분위기를 바꿔버린 나는 이 우아한 얼굴에 어떤 변화를 파종해서 '어처구니없는 레지의 표정'을 곰삭혀낼까, 고심에 고심을 거듭한다.

'그래, 꼭 해낼 거야. 대사 한마디 없는 역할이면 어때. PD와 AD를 비롯한 스태프, 그리고 탤런트 선후배들로 하여금 감탄을 금치 못하는, 달라진 중고신인으로 거듭 태어날 테니 두고 보라지!'

나는 거울에 비친 얼굴을 향해 입을 비죽댄다. 거울 속 얼굴도 똑같이 입을 비죽인다. 자조가 살짝 어린 비죽거림. 어쩜 비굴함을 억제하는 지금의 자신을 그대로 표출한 건지도 모른다. 그렇다. 지금의 내 심정이 그대로 묻어난 빈정거림일 수도 있다 싶다.

나는 비참해지려는 자신을 달래 듯 거울에서 돌아앉는다. 하지만 곧 다시 거울 앞으로 몸을 돌린다. 뭔가 감이 잡힌다. 나는 좀 전처럼 비죽, 입술을 뒤튼다. 아, 그래. 바로 그거다! 바로 그 입술연기가 '어처구니없어 하는 레지의 표정'으로 카메라에 가득 채워지면 어떨까.

나는 대본을 끌어당긴다. 그리고 거울을 향해 지껄인다. 몇 마디 되지 않은 대사다. 하지만 방금 떠오른 입술 연기와 더불어 연습하고 또 연습하기 수십 차례. 나는 어느새 숙련공이 된 기분이다.

"결심이 그 정도인지 몰랐어."

성 작가는 땅이 꺼지게 한숨을 내쉬었다.

"어떻게 보면 여배우는 그제야 눈을 뜬 거지. 연기자로서의 개안 말이야. 결국 '아이 엄마'가 촉진제가 돼준 셈이랄까."

"그러니까 우리네 삶이란 적당히 긴장해야 의욕이 나나 봐."

"아이로 인한 여배우의 긴장이 그처럼 큰 변화를 가져온 거고."

나는 성 작가의 말에 맞장구를 쳤다. 빈말이 아니다. 그처럼 하찮은 역할에도 혼신의 힘을 다한 여배우는, 그 보잘것없는 단역 출연으로 엄청난 변화를 예고했기 때문이다.

그 엄청난 변화의 기록을 여배우는 이렇게 적고 있다.

녹화가 있는 날 아침, 강운실도 일찌감치 분장실에 나와 오랜만에 카메라 앞에 서는 나를 도왔다.

아무리 별 볼 일 없는 역할이지만 긴장하다 보면 이것저 것 빠트리는 게 많은 법이다. 한낱 햇병아리로 인해 NG가 나면 선배들의 눈총과 입방아를 견디기 그리 쉽지 않다는 거, 역시 운실은 누구보다 잘 알고 있는 듯했다. 분장과 의 상, 프레임인과 프레임아웃에 이르기까지 일일이 나를 따 라다니며 챙기느라 운실의 발걸음이 나보다 더 바빠 보였 다.

보다 못한 이 AD가 녹화진행을 지휘하던 플로어에서 운 실과 마주치자 끝내 한마디 쏘아붙이고 만다.

"이러다 아예 지석란의 코디로 옮겨 앉는 거 아냐?"

이 AD는 녹화에 임하는 내 자세도 놓치지 않고 눈여겨보 는 것 같다. 이번 미니시리즈가 끝나면 그는 비로소 연출보 조의 딱지를 떼어내고 정식 PD로 승격, 대망의 연출 메가폰 을 잡게 되어 있다. 첫 연출작품에 때 입지 않은 뉴 페이스 를 내세우려는 욕망은 이환율 새내기 PD라고 외예일 리 있 을까.

이 AD가 엑스트라조합에 의뢰해도 될 레지 역할을 내게 맡긴 저의가 뭘까? 내 자세를 테스트하려는 속셈이 아니었 을까? 나는 입을 악문다. 무얼 주저하겠는가.

나는 변해야 한다. 그래야 사는 길도 생긴다. 나는 무엇보다 녹화 스튜디오에 일찍 나가는 것부터 첫 발걸음을 내디뎠다. 그리고 선후배를 가리지 않고 분장실에 들어오는 사람마다 안녕하세요, 오랜만이네요, 먼저 인사하고 아는 체 하기 주저하지 않았다. 그것도 깍듯이, 일일이 자리에 일어서서 말이다. 앉아있는 채 목례만 가볍게 했던 때와 백팔십도 바뀐 내 태도에 나도 놀랐다.

때마침 그날 녹화에 오옥자라는 여자 탤런트가 출연했다. 관록의 연기파지만 심술 또한 둘째가라면 섭섭해할 대선배다. 그녀는 특히 신인들이 눈 밖에 나면 담당 PD에게 저 아이와 절대 출연할 수 없다고 압력을 가하는 등 골탕을 먹이는 것으로도 악명이 높았다.

나라고 그 대선배의 악명을 못 들을 리 만무하다. 워낙 역할의 비중이 변변찮은 나였다. 게다가 집에서 이미 대사와 연기를 어느 정도 숙지한 탓에 나는 오기와 심술이 드세기로 유명한 대선배의 환심을 사는데 더 많은 신경을 할애하기로 마음먹었다. 대선배의 주위를 떠나지 않고 그녀가 필요하다 여기는 걸 그때그때 챙기는 순발력을 발휘했다.

처음은 무심코 받아들이든 심술이 나중에야 나의 특별한 서비스를 눈치챈 것 같았다.

"아니, 넌 누구지?"

"귀여운 햇병아리죠, 뭐."

"얼추, 말도 재밌게 하네."

"뭐든 시키셔요."

"왜, 자네는 출연 안 해?"

심술의 말투가 한결 부드러워진다. '너'가 '자네'로 바뀔 만큼.

멀찌감치 떨어져 그걸 본 운실은 상상을 초월한 나의 변화에 혀를 내두른 것 같다. 변해도 너무 변했네. 계집애, 보통이 아니라니까. 참말로, 그런 눈빛으로 말이다.

나의 변화에 더욱 놀라운 사건은 정작 녹화 때 일어났다.

다방 씬을 위해 카메라와 오디오맨 등 스태프들이 다방 세트가 마련된 곳으로 몰려든다. 언제나 그런 것처럼 부조정실의 PD가 지시하는 대로 스튜디오의 모든 스태프와 캐스트는 일사불란하게 움직여야 한다.

드디어 녹화 현장 최전방 소대장 격인 AD 이환율은 손을 뻗어 다방 문밖의 연기자에게 들어오라는 큐를 보낸다. 술 취한 손님이 들어오고 자리에 앉자, 레지인 나는 엽차를 테이블에 놓으며 차 주문 여부를 타진한다.

"야, 짜장면 되냐?"

우물가에서 숭늉을 달라는, 이 술 취한 손님의 엉뚱한 언동에 나는 서슴없이 입을 삐쭉댄다. 어처구니없다는, 그럴듯한 연기가 됐을까. 냉소가 잔뜩 어린 비죽거림이 카메라에 가득 채워지면서 PD의 "컷!" 소리가 요란하게 울렸다. 그리고 곧이어 부조정실의 마이크를 통해 PD의 격앙된 목소리가 스튜디오 안에 찬물을 끼얹는다.

"이봐, 거기, 냉소적으로 입을 삐쭉거리라고 누가 시켰지?"

나는 당황한다. 연습 때도 별다른 PD의 주문이 없었고, 이 AD 역시 특별히 주의를 준 적도 없었다. PD의 불호령에 나는 그만 눈앞이 아찔하고, 오금이 저려오는 걸 느꼈다.

"미안, 미안. 놀려주고 싶었을 뿐이야. 야단맞은 줄 알았나?"

한결 어투가 부드러워진 PD. 잔뜩 가슴을 조인 나는 더욱 복잡한 감정에 휩싸이며 여전히 스톱모션에 걸려있을 수밖에.

"반대야. 썩 좋았어! 계속 노력해."

PD는 더 이상 말을 끌지 않고 다음 진행을 서둘렀다.

후유, 안도의 숨을 내쉰 건 나뿐이 아니다. 운실도 마찬가지인 듯싶었다. 이 AD만이 알 듯 모를 듯 미소를 머금고, 나의 달라진 자세를 긍정적으로 받아들이는 눈치가 눈에 들어왔다.

소식 끊고 돌아서다

"근데, 지성미가 왜 갑자기 미국에 가 있는 아이 아빠 이재
호와 소식을 끊었는지, 그 이유에 대해서도 기록을 남겨둔 게
있어?"

역시 작가다운 성낙성의 궁금증이다. 그 궁금증은 나도 마
찬가지였다. 그래서 밤새 여배우가 남긴 노트를 뒤적였지만
그 이유가 딱 이거다, 할 만한 대목을 찾지 못했다.

"한마디로 이거다, 하는 대목은 찾기 힘들었어."

나는 어깨를 으쓱하며 대답했다.

"그럴듯한 정황도 손에 잡히는 게 없었냐고?"

"아냐. 짐작 갈 만한 대목이 있긴 있지만."

"그 대목, 내가 직접 읽어볼게 그 노트 이리 좀 줘봐."

성 작가는 내 손에 들려있는 노트를 거칠게 낚아챘다.

    나는 그날도 그를 만났다. 다른 날과 달리 그의 표정이
몹시 어둡다. 알고 보니 나와 떨어지는 게 죽기처럼 싫었던
모양이다.
    "나, 곧 떠나."
    "떠나? 어디로?"
    "미국…."
    "언제 돌아오는데?"
    "사오 년 뒤에나…."
    "….."
    나는 대답 대신 이재호의 얼굴을 흘깃 훑는다. 무척 심통
이 난 낯빛이다. 어쩌면 도살장에 끌려가는 소가 저런 표정
이지 싶을 만큼.
    "떠나고 싶지 않은 얼굴인데?"
    "가고 싶지 않아!"
    "그럼, 안 가면 되잖아."
    "….."
    이번엔 이 남자가 침묵한다.
    나는 더 이상 그의 심기를 불편하게 하고 싶지 않다. 미
국유학을 가긴 가지만 결코 자의가 아니라는 건 그의 통명

스런 어투에 잘 묻어 있다. 억지로 떠밀려간다? 왜일까? 의문이 생기지 않은 건 아니지만 곧 나는 머리를 흔든다. 매사가 그렇다. 나는 한 가지 일에 깊숙이 집착하는 성미가 아니다.

나는 그날 밤 파티 이후, 요 한 달 사이 이 남자와 거의 하루가 멀다하고 만났다. 무뚝뚝하지만 만날수록 정감이 모닥불처럼 피어오른 남자다. 밝은 구석을 찾기 힘든 메마른 얼굴이지만 안으로 한 발짝 들어서면 활활 타는 불덩어리를 쉽게 느낄 수 있다. 뭔가 비밀이 많은 듯싶지만 부티나는 그의 얼굴과 성격, 분위기에 이상하리만큼 끌렸다.

이 남자와 한 몸이 된 날을 나는 잊을 수 없다. 이 남자가 끄는 대로 우리는 서울 근교, 북한강과 남한강이 합류하는 양수리로 드라이브를 나갔다. 그 한적한 주위의 분위기에 취해서였을까. 이 남자가 와락 나를 껴안았을 때 나는 결코 그를 밀쳐내지 못했다. 어쩌면 그런 순간을 기다리고 있었는지 모른다. 내 쪽에서도 힘주어 그의 허리를 껴안았던 일이 생생하다.

우리는 그날 서울로 돌아오지 않았다. 그 근처 콘도 비슷한 숙박소를 찾았고, 끝내는 몸도 섞었다. 어딘가 정에 굶주린 것 같은 이 남자에게 나는 뭐든 다 주고 싶었다.

이 남자는 여느 부잣집 아들들과는 사뭇 달랐다. 도대체 그 체 하는 거드름 같은 걸 엿볼 수 없다. 말수도 적고 무뚝 뚝하다 못해 지나치리만큼 진지한 게 탈이라면 탈이랄까.

초등학교에 막 들어가서부터 엄마와 헤어져 살았다고 그는 말했다. 싫다는 꼬맹이를 억지로 데려간 할아버지를 하루도 저주하지 하는 날이 없었다고도 말한다. 공부를 다 마친 뒤엔 절대로 할아버지의 노예는 되지 않을 거라며, 반드시 헤어진 엄마도 찾고 내가 좋아하는 여자를 만나면…하고 뒷말을 흐린 이 남자는 나를 안고 엉엉 소리 내어 울기까지 했다. 이 남자의 외로움, 이 남자의 모든 게 남의 일처럼 느껴지지 않았다.

"그래, 울고 싶음 실컷 울어. 실컷!"

만일 그때 이 남자가 우리 결혼하자, 손을 내밀었다면 좋아요, 지금 당장! 나는 두 손을 활짝 펼치며 기꺼이 청혼을 받아들였을 것이다.

그의 핏덩이가 뱃속에서 자라고 있다는 걸 안 순간, 나는 둔기로 얻어맞은 양 한동안 정신이 몽롱했다.

미국유학을 떠난 이 남자는 하루가 멀다 하고 전화를 걸어왔다. 편지도 일주일이 멀다 하고 부쳐왔고. 공부를 마치고 돌아가면 꼭 너와 결혼하겠다! 말끝마다 다짐하기를 잊지 않았다. 그처럼 이 남자는 '사랑'보다 '결혼'을 더 앞세웠다. 어쩌면 이 남자는 결혼도 못하고 희생된 엄마를 염두에 두고 있는지 몰랐다. 나는 그런 남자를 이해했고 사랑했다. 하루 속히 그날이 돌아오기를 손꼽아 기다렸는데….

당연히 하느님께 감사해야 할 사랑의 씨앗이 아닌가. 왜 놀라고, 뭘 망설이는 걸까? 모호하기 이를 데 없는 나의 진심이 뭔지 좀처럼 가늠되지 않았다.

희뿌연 안개 속에 이 남자의 기쁜 얼굴이 떠오른다. 왜 하필 그 얼굴 위에, 한 번도 본 적 없는 남자의 할아버지가 겹쳐 보이는지? 그래, 그럴지도 몰라. 가뜩이나 할아버지를 저주해온 남자다. 혼전 아이 탄생으로 뜻하지 않은 조손간의 갈등을 빚을 수도 있다는 생각이 퍼뜩, 뇌리를 스친다. 초등학교에 갓 입학한 어린 손자를 엄마의 품에서 강압적으로 빼앗아 간 할아버지다.

그렇다. 이 남자에게 아이를 가진 걸 숨기자. 나는 죽어도 아이를 그 누구에게도 빼앗기고 싶지 않다. 아니, 이 남자와의 고리마저 아예 끊어버려야 할 것 같다. 어떤 이유에서든 나는 이 남자의 발목을 잡는 건 정말 싫다. 죽기보다도 더.

"뭔가 손에 잡혀?"
성 작가가 노트에서 눈을 떼자 나는 지체하지 않고 물었다.

내 생각과 같은 느낌인지 궁금해서다.

그러나 성 작가는 고개를 저을 뿐 대답이 없다.

"할아버지 망령을 의식해선 아닐까?"

답답한 나머지 내가 먼저 말머리를 잡았다.

"겉으론 그래."

"다른 이유가 있다, 그거야?"

"글쎄…."

"무슨 대답이 그래?"

나도 모르게 목소리를 높인다. 뜨뜻미지근한 성 작가의 태도에 그만 역정이 난 것이다.

"갈등을 정리하기 그리 간단치 않았을 거야. 결국 자존심이었던 것 같아. 아이를 매개로 매달리고 싶지 않다, 뭐 그런 감정도 작용했을 거 같고. 어머니의 말로는 어렸을 때부터 못 말리는 꼴통 기질이었다지 않아, 지성미가?"

성 작가는 의외로 조심스러웠다. 여배우가 아이를 갖자 이재호로부터 돌아서 버린 이유를 한마디로 속단하려 들지 않고 여러 가능성을 두고 생각하는 눈치였다.

하지만 나는 여전히 '할아버지 망령'에 무게를 더 두고 싶었다. 어머니의 품에서 강압적으로 빼앗아 간 할아버지에 대한 이재호의 상처가, 어쩌면 여배우에게 고스란히 전염되었을지 모른다고 생각했기 때문이다.

"뭐가 그리 복잡해."

나는 투덜댔다. 성 작가의 여러 가능성을 비아냥대듯.

"사람의 감정이란 원래 그런 거 아닌가―."

성 작가는 여전히 여배우가 돌아선 까닭을 한마디로 말하기 꺼렸다.

나는 성 작가의 손에 들려있는 노트를 다시 돌려받으며, 어쩌면 그의 생각이 옳을지도 모른다고 생각했다. 당시 여배우의 결심, 무 자르듯 돌아선 건 오직 오기였을 수 있었다. 아이 엄마로 혼자 살아야 한다는 절박함에서 여배우가 선택할 수 있는 건 무엇보다 독한 마음을 갖는 것 말고 뭐가 또 있었을까. 하지만 성 작가는 나와 달리 매사에 신중하고 조심스러운 사람이다.

새삼 성 작가와 나의 오랜 우정이 눈앞에 어른거린다. 진짜 그와 나 사이는 장난이 아니다. 수어지교水魚之交, 물과 고기의 관계처럼 끈끈하다. 그건 코 흘리게 부터였다. 한 고샅을 사이에 두고 마주 보이는 집에서 우리는 낳고 자랐다. 뿐인가. 초등학교는 물론 중고교까지, 대학도 과만 다를 뿐 같은 Y대를 다녔다. 한마디로 우리는 누가 뭐래도 못 말리는 깨복쟁이 친구다.

다른 게 있다면 가정환경. 교육자 아버지를 둔 성낙성의 집안은 그리 넉넉한 형편은 아니지만 늘 교양의 분위기가 감돌았다. 반면 우리 집은 시장에 큰 건어물 가게를 가진 부모덕에 모든 게 풍성한 편이었다. 평범한 교육자 집안과 신흥부자 집안의 아들.

그래서인지 모른다. 우리는 성격, 사고방식 등에서 대조적이었다. '겨울철 개미'와 '여름철 매미'로 비견되리만치. 성낙성이 외골수 성향으로 진솔하고 매사 비판적인 반면, 나는 사교적이고 능동적일뿐더러 도전적이었다.

어렸을 때 우리는 곧잘 주먹을 휘두르고 나뒹굴며 싸움질을 할 때도 있었다. 처음 부아를 돋우고 싸움을 건 쪽은 나였다. 하지만 일단 싸움이 길어지면 펄펄, 기운이 넘치는 건 성낙성이었다. 따라서 초반에 싸움이 끝나면 내게 유리했지만 후반까지 끌면 거의 성낙성의 판정승일 때가 많았다. 라이벌의식, 바로 그 숙명의 경쟁의식 때문인지 우리는 공부도 늘 열손가락 안에 들었고, 서울의 좋은 대학도 나란히 입학하고 졸업했다.

성낙성은 처음부터 시나리오 작가를 지망한 건 아니다. 경영학을 전공한 그는 대학을 졸업하자 행정고시에 응시했고 좋은 성적으로 합격했다. 하지만 최종합격자 명단에 그의 이름은 들어있지 않았다. 신원조회에서 먼 친척 중 월북자가 드러난 것이다. 먼 친척도 친가가 아닌 외가 쪽이었다. 이른바 연좌제라는 것 때문인지 그는 군에서도 부름을 받지 못했다.

성낙성이 시나리오 작가로 탈바꿈, 제2 인생의 길을 걷게 된 건 바로 그런 연유에서다. 좌절과 분노를 감당하지 못해 끝내 자살기도를 한 그에게 시나리오를 쓸 수 있도록 유도한 건 나였다. 그는 평소 영화 관람을 즐겼었다. 네가 살아갈 길은 그 길 뿐이다, 귀가 따갑도록 얼리고 다독이며 글쓰기, 시나리오 쓰기를 자극했고 방황 일여 년 만에 드디어 시나리오 현상 응모에 당선되기에 이른 것이다. 한번 불붙으면 쉽게 포기하지 않은 끈기와 열정으로 지금은 무게 있는 작가의 한 사람으로 발돋움 중이다.

성 작가는 여배우를 처음 만나자 대번에 그녀의 가능성을 내다봤다. 가능성을 본 이상 그는 결코 뒷짐만 짓고 있지 않았다. 여배우 일행이 돌아가고 단 둘이 남아서 술을 마실 때면 내게 보통 매달리지 않았던 성 작가의 모습이 어제 일처럼 생생하다.

"이번 이 PD의 데뷔, 너도 좀 도와줘. 네 도움으로 시나리오 작가가 되었지만 처음 시나리오를 영화사에 넘기고 통보를 기다릴 때의 나를 나는 늘 잊을 수 없었어."

"뭘 얘기하는 거야? 이환율의 PD 데뷔를 걱정하는 거야? 아니면 지석란이라는 중고신인의 재기를 걱정하는 거야?"

"둘 다!"

그랬다. 성 작가는 이환율의 PD 데뷔에 보통 열성이 아니었다. 거기에 자기 작품의 주인공 후보가 확 눈에 들어 닥쳤으니 얼마나 흥분했겠는가.

나는 좀 달랐다. 여배우를 처음 보는 순간 성 작가처럼 바로 이거다! 할 정도의 감흥은 받지 않았다. 그저 신인 하나가 주인공 후보로 선보이러 와 있구나, 그렇게 느꼈을 뿐이었다.

하지만 여배우는 보면 볼수록, 같이 있으면 있을수록 이상하게 사람을 끄는 뭐가 있었다. 마치 자석처럼. 성 작가가 여배우의 살아있는 눈빛에 뿅 간 것과 달리, 순발력 있는 그 센스에 점차 끌리던 나는, 여배우를 처음 만났을 때의 일이 눈앞에 펼쳐졌다.

작가의 강렬한 눈빛

목련나무 가지마다 막 꽃봉오리를 터뜨리려는 긴장감이 감돌고 있다. 봄기운이 완연하다. 그렇다고 가벼운 옷차림으로 외출하기는 좀 그런 것 같다.

나는 아까부터 외출을 위해 옷장을 열어놓고, 이것저것 꺼내 몸에 걸쳐 보지만 딱 마음에 드는 옷을 정하지 못한다. 어느 걸 걸치고 나갈까, 망설이다 시계를 보니 어느새 시간이 꽤 지났다. 평소에 입던 캐주얼 차림을 한 그대로 나는 황급히 집을 나섰다.

"우이동에 있는 그린파크호텔 있죠. 거기로 가주세요."

택시에 올라탄 나는 이상하게 들떠있는 걸 느낀다. 긴장 때문이리라, 애써 가볍게 생각하려고 가슴을 펴고 크게 심호흡을 해본다.

오늘은 호텔 커피숍에서 이환율 AD의 PD 데뷔작을 쓰고 있는 작가를 만나기로 되어있는 날이다. 그 자리는 물론 이환율 새내기 PD가 마련한 것 같다. 적극적인 후원자 강운실의 제안으로 이뤄진 작가와의 대면이지만. 그들 말대로 자연스럽게 작가의 의중을 떠보는, 뭐 그런 가벼운 상견례의 의미가 담긴 자리라고 볼 수 있다.

하지만 내 마음은 가볍지 않다. 무겁고 긴장되었다.

그날 녹화가 있은 다음, 나에 대한 인식은 백팔십도로 바뀐 눈치였다. 제작부 사무실에서 그날의 담당 PD의 한마디가 도화선이라면 도화선이랄까.

"나 참, 기가 막혀. 시키지도 않은 그 당찬 표정 연기라니!"

담당 PD는 칭찬이 인색하기로 소문난 사람이었다. 그런 PD의 입에서 침을 튀기는 감탄이 잇달았다면 그것은 보통 사건이 아니다. 다른 PD와 AD까지 덩달아 나에 대한 관심이 갑자기 고무풍선처럼 부풀어 오른 건 얘기 하나 마나다.

그런 반응에 누구보다 민감한 건 이환율 PD인 듯하다. AD로서의 마지막 녹화 때 보여준 나의 태도와 센스를 확인한 그는, 연출 데뷔작의 여주인공 후보에 나를 제일 순위로 올려놓은 게 아닌가 싶다.

나는 공채 3년 차지만 전혀 빛을 못 본 중고신인이다. 대부분의 연출자가 그렇듯 이환율 PD의 야망도 예외일 수 없으리라. 빛 못 본 내게서 신선한 그 무엇인가를 기대하고 있는지 모른다. 그건 곧 새로움을 추구하려는 작가정신일 수 있다. 결혼을 예약한 운실의 간곡한 부탁도 부탁이지만, 무엇보다 연출자로 첫발을 내딛는 흥분과 열정이 이환율 PD를 그리 몰아가고 있는 것이리라.

　"그 사람, 요즘 바야흐로 고민 삼매 중이야."

　언젠가 운실이 나를 만났을 때 무심코 했던 말이 생각난다.

　"왜지?"

　"다 너 때문이지, 뭐."

　"나 때문?"

　나는 의아한 눈으로 물었다. 운실이 내 문제로 이 새내기 PD와 다퉜거나 금이 간 건 아닐까, 엉뚱한 걱정이 내 가슴을 짓눌렀기 때문이다.

　"그는 첫 데뷔작에 꼭 너를 여주인공으로 발탁하고 싶어 해. 하지만 말이다, 제작부장 등 윗선의 반대가 만만찮다는 거야. 새 작품이 들어갈 때마다 뒷구멍으로 온갖 공세를 해온 후보자가 적잖기 때문이지. 너 혹시, 나쁜 결론이 나와도 마음 상하거나 그러진 마. 치열한 경쟁, 이제 시작일 뿐이거든.”

나는 비로소 이 PD의 고민을 짐작했다. 작가와 만나는 자리를 마련한 것도 작가의 적극적인 지원을 염두에 둔 포석인 듯싶다. 운실과 이 PD의 마음 씀씀이가 그렇게 고마울 수가 없다.

정확히 약속 시간 10분 전 나는 호텔 커피숍에 당도한다. 먼저 와 있던 운실과 이 PD가 바로 눈으로 빨려든다. 운실이 번쩍 손을 든다.

“빨리 온다고 왔는데.”

“우리가 좀 빨리 온 편이야.”

이 PD가 앞에 앉아있는 운실의 옆자리를 가리키며 말을 받는다. 자리에 막 앉으려는데 이 PD가 벌떡 일어선다.

“여기, 여깁니다.”

“벌써, 와들 있었군요.”

이 PD가 반갑게 맞이한 사람, 그 사람은 바로 이환율 PD의 연출 데뷔작을 쓰고 있는 성낙성 작가였다. 성 작가는 운실과 아는 사이인지 목례를 주고받았다. 하지만 운실 옆자리의 나를 보는 눈빛은 첫 만남인데도 예사롭지 않았다. 쏘아보는 시선을 좀처럼 거둬들일 줄을 모른 것이다. 눈치를 챈 이 PD가 얼른 나를 소개한다.

“아직 빛 못 본 신인이죠. 여기 운실 씨와는 동기구요.”

"지석란입니다."

나는 벌떡 자리에서 일어나 공손하고 절도 있게 허리를 굽혔다.

"..."

작가는 여전히 엉거주춤 자리에서 반쯤 일어난 채 나의 공손한 인사에 답례하면서도 나를 쏘아보는 그 강렬한 눈빛만은 쉽사리 거둬들이지 않는다.

"작품은 언제쯤이나?"

어색한 분위기를 바꾸려는 듯 이 PD가 얼른 작품 얘기를 꺼냈다.

"왜 그 얘기가 안 나오나 했지. 넉넉잡아 보름이면 탈고될 겁니다."

"제목은 정했습니까?"

"'이브의 고통', 이 감독의 생각은 어때요?"

"제 생각이야 뭐."

이 PD는 제목에 대해 그다지 신경 쓰는 것 같지 않다. 반면 작품의 탈고에 대해서는 굳이 초조한 마음을 감추려 들지 않는다.

"보름 쯤 뒤에 작품이 완성된다니 다행입니다. 첫 연출 작품이라서 그런지 몹시 서둘러지고 기다려지더군요. 왠지 긴장되기도 하구요."

"충분히 이해돼요. 그러기에 20회 분을 한꺼번에 써달라는 부탁도 거절하지 못한 거 아닌가."

"그 점 역시…."

말은 흐렸지만 이 PD의 얼굴엔 진심으로 고마워하는 마음이 그대로 묻어있다.

나의 짧은 방송국 경험으로는 어느 드라마 작가든 일일연속극은 물론이고 주간연속극조차 한꺼번에 써주는 일이 거의 없다. 주간연속극의 경우, 잘 해야 2회분을 써주는 것이 고작이다. 어떻게 해서 이 PD가 작가 선생님의 마음을 움직여 전작을 써 받는 약속을 받아낼 수 있었을까. 어쩌면 이 PD의 진심이 작가 선생님에게 통하지 않았나 싶다.

작가 선생님도 첫눈에 그런 느낌이 들었다. 진심에는 곧 잘 감동하고 마는 그런 성품이 아닌가 하고 말이다.

이 PD가 그런 성 작가의 깊은 마음을 헤아리지 못할 리 만무하다.

"그런 의미에서 오늘 점심은 제가 쏘겠습니다."

말이 떨어지기 무섭게 이 PD는 자리에서 일어선다. 앞에 앉아있는 나와 운실도 막 엉덩이를 들먹이는데 성 작가가

"잠깐만."

그대로 눌러 앉은 채 시계를 들여다본다.

"누구, 또 올 사람이 있습니까?"

"기자야. 점심이나 함께 하자고 꼬드겼지. 그 기자, 이 감독과 같이 있다는 건 몰라요. 더구나 미녀들까지 와 있다는 걸 알면 눈이 휘둥그레지지 않을까, 아마도."

그때 커피숍에 들어 선 사람, 바로 조기동 기자란다.

"아, 조 기자님!"

스포츠연예신문 연예기자인 조 가자를 반갑게 맞이한 사람은, 그러나 초청자 성 작가가 아닌 이 PD다.

"깜짝쇼는 내 악취미지. 어때, 조 기자? 여기 미녀까지 합석하게 되었으니 어느 정치가가 즐겨 써먹은 깜짝쇼는 저리 가라지!"

"하나도 재미없다ㅡ."

조 기자는 성 작가의 농담에는 건성으로 대꾸한다. 하지만 조 기자라는 분은 먼저 와 있는 나와 운실에게는 가벼운 목례를, 이환율 새내기 PD에게는 PD 데뷔를 진심으로 축하, 격려해 주려는 듯 손을 잡고 마구 흔들어 준다.

바로 내가 그 여배우를 처음으로 만나게 된 자리다. 성 작가가 오랜만에 커피나 한잔하자 해서 득달같이 달려간 호텔 커피숍. 나는 그들을 보자 대번에 분위기를 파악했다. 바로 작가에게 작품의 여주인공 후보를 선보이기 위한 자리라는 것을. 성 작가는 서울 중심가에서 멀리 떨어진 호텔에서 이환율 PD

데뷔작을 쓰고 있는 중이었다.

나는 여배우를 처음 본 순간, 솔직히 성 작가 만큼의 감흥은 받지 못했다. 또릿또릿한 눈방울, 아담한 체격에 어울리는 자그마한 얼굴 윤곽이 꾸미기에 따라 여러 색조를 띄리라는 가능성을 어렴풋이 느낄 정도였다.

여배우의 톡톡 튀는 센스에 '보통 맹랑한 여자가 아닌데?' 하고 관심을 갖게 된 건 점심식사 자리에서였다. 우리는 곧 호텔 커피숍을 나와 그 근처 우이계곡에 즐비하게 달라붙은 음식점 하나를 골라 들어갔다. 그리고 점심을 주문하면서 반주도 빼놓지 않고 시켰다.

성 작가와 나는 반주에 어느새 꼭지가 좀 돌았다. 보통 친한 사이가 아닌 탓에 농담도 거침없이 튀어나왔다.

"야 인마, 너 누구 덕에 작가가 됐게?"

"그래 인마, 너 땜에 됐다. 어쩔래?"

하자만 그 여배우와 윤실, 이 PD는 성 작가와 나의 깊은 우정을 알 리가 없었다. 허물없는 대화를 통해 우리가 보통 사이가 아니라는 것쯤 눈치챘겠지만 그렇다고 마냥 우리 둘만의 우정으로 분위기를 메꿀 수 없다고 생각한 나는 화제를 바꾸려고 화살을 여배우에게로 돌렸다.

"참, 여기 이 미녀는 처음 뵙는 분 같은데?"

"그래. 자네를 부른 건 바로 이 미녀 때문이지. 이번 내 작품, 아니 이 PD 데뷔작품의 히로인으로 이 지석란을 점찍었다 그거야. 어이, 잘난 기자. 무슨 뜻인지 알겠어?"

순간, 이 PD의 표정이 일그러졌다. 고지식하고 단순한 이 PD는 성 작가의 성급한 판단을 경계하는 눈빛이 역력했다. 그냥 넌지시 선을 보이는 자리일 뿐인데…, 하는 어색함이 그의 얼굴에 그대로 묻어났다.

성 작가도 단순히 술기운만으로 지석란의 얘기를 꺼낸 것 같지 않았다. 그 여배우를 쏘아보는 눈빛이 예사롭지 않았다. 적어도 오랜 친구인 내게는 그렇게 비쳤다. 이 친구 단단히 홀렸군, 절로 웃음이 새 나올 만큼.

그때였다. 지석란이 불쑥, 끼어들었다.

"그런데 작가 선생님. '이브의 고백'은 어떤 이야기죠?"

어떻게 보나 뜻밖의 질문이다. 그 당돌함이라니, 기자인 나는 호기심 어린 눈으로 '이브의 고백'이 어떤 이야기인지, 묻고 있는 그 여배우의 귀여운 입을 찬찬히 살피고 있었다.

그런데 이번에는 성 작가로부터 전혀 엉뚱한 반응이 나타났다.

"가만, 지금 '이브의 고백'이라 했나?"

성 작가는 묻고 있는 게 아니다. 뭔가 잊어버린 걸 되찾은 듯한 얼굴을 한 채 이 PD를 향해 물었다.

"이 감독, 어때요? '고통'보다는 '고백'이, 또….'"

"또 그 알량한 감상이 도지는군. 나도 '고통'보다는 '고백' 쪽에 더 호감이 가긴 하지만."

옆에서 나도 끼어들었다. '고통'은 직설적이지만 '고백'은 뭔가 스토리텔링이 느껴졌다. 성 작가의 '또'하고 미처 못 한 말도 바로 그 얘기가 하고 싶었던 건 아닐까.

내 부언설명에 이 PD가 고개를 끄덕였다. 쟤가 어떻게 그런 생각을 해냈을까, 운실도 흐뭇한 눈길을 여배우에게 보냈다. 하지만 나중에 안 사실이지만 그녀는 처음부터 '고통'을 '고백'으로 잘못 알고 있던 터였다.

하지만 사람들은 그런 낌새를 전혀 눈치채지 못했다. 그러기에 이 PD는 음미할수록 '고통'보다는 '고백'이 호소력을 보듬은 것 같다는 반응을 보였고. 운실도 기다린 듯 맞장구쳤다.

여배우도 나중에는 대강 사태를 파악한 듯싶었다. 하지만 일체 내색하려 들지 않았다. 이왕 그렇게 된 거, 시치미를 뗄 심산인 것 같았다. 출발이 나쁘지 않다는 생각이 들었는지, 입가에 알 듯 모를 듯 묘한 웃음을 띠고 있었던 여배우의 모습이 내 머리에는 아직도 생생하게 남아 있다.

그들과 헤어진 뒤 성 작가가 내게 고백하듯 하던 말도 생각났다. "정말이야. 괜찮아, 그 신인. 무엇보다 그 눈빛이 살아 있어!" 성 작가는 그처럼 여배우를 만나는 순간부터 굳게 믿었다. 살아있는 그 눈빛이 뭔가 해내리라는 것을.

PD와 제작부장의 충돌

"얼마를 더 가야 장지에 도착하지?"

"그러게. 거의 다 온 것도 같은데."

성 작가는 계속 눈을 감고 있었다. 하지만 깊은 졸음에 빠져 있는 것 같지 않은 듯 내 말에 금세 반응을 보인다. 그 역시 이 영구차 안이 답답하고 지루했던 게 아닌가 싶다.

이럴 때 침묵은 금이 아니다. 짜증일 뿐이다. 더구나 성 작가는 말을 많이 하는 편이 아니다. 관심 있는 화제가 아니면 좀처럼 대응에 나서지 않았다. 나 혼자 떠들다 말 때도 허다할 만큼.

"이환율이란 사람, 보통 고집이 아니더군."

"새삼, 이환율 얘기는 왜? 고집이 세다는 건 그만큼 진솔하다는 거 아닌가!"

성 작가는 의외로 이환율 PD에 대한 믿음이 여전한 듯하다. 벌써 머리에서 지워졌을 법한 이름인데 금세 반응이 나타난 걸 보면. 성 작가라는 사람의 천성이 원래 그렇다. 한 번 믿는 사람은 하늘이 두 쪽 나도 의심할 줄을 몰랐다.

"대한민국 방송사의 드라마 PD가 모두 이환율과 같았다면 어땠을까?"

성 작가가 갑자기 옥타브를 높인다.

"대한민국 방송사의 드라마 PD가 어째서?"

나도 덩달아 억양을 올려 성 작가의 비위를 은근슬쩍 긁었다.

"그처럼 협잡이 난무하진 않았을 거 아닌가, 그거지."

"협잡?"

"뒷거래가 판치는 게 협잡질이 아니고 뭐야."

"협잡질을 보거나 겪어본 일이 있는 것 같은 말투네?"

"벌써 잊었어? 내 작품에 저 고인이 주인공으로 발탁되는 과정에서 겪은 일을."

나는 그제야 성 작가가 무엇을 두고 하는 말인지 알아차린다. 그렇다. 이환율 새내기 PD가 여배우를 주인공으로 내세우다 뜻하지 않은 뒷거래, 협잡질에 걸려들 뻔한 일이 번개처럼 머리에 스쳤다.

"안 됩니다!"

제작부장은 단호했다. 그는 '이브의 고통'을 '이브의 고백'으로 드라마 제목을 바꾸려는 이환율 PD의 생각에는 별 이의가 없었다. 하지만 타이틀롤에 지석란을 기용하는 문제에 대해서는 조금도 물러설 기미를 보이지 않았다.

"전혀 검증도 안 된 중고신인을 고집하는 이유가 뭐죠?"

제작부장의 억양이 전에 없이 튀었다.

"지금 검증이라고 했소, 제작부장?"

바로 그때, 제작부장의 말이 끝나기 무섭게 끼어든 사람이 있었다. 다름 아닌, 얼마 전까지 이 PD를 AD로 거느린 사람이다. 벌써 국장이 되고도 남을 관록과 경력의 소유자이지만 굳이 일선 최전방을 고집해 온 연유로 다들 그를 왕PD라 불렀다.

"검증은 얼마 전 내 드라마에서 한 바 있소. 비록 묵은 신인이긴 해도 당찬 아이요. 이환율 PD의 열정을 한번 믿어 보시오!"

왕PD의 말에 제작부장은 꿀꺽, 침을 삼킨다. 제작부장은 도무지 아랫사람 대하듯 한 그의 말투부터가 못마땅하다. 게다가 평소, 어쩌다 의견 차이가 생기면 왕PD는 거침없이 제작부장을 향해 당신이 드라마를 알아? 알긴 쥐뿔이나, 하고 닦아

세우기 일쑤였다.

제작부장은 금세 몸을 낮춘다. 언제부턴가 그래 온 것처럼 그는 왕PD의 말에 아예 말대꾸를 하지 않는다. 숫제 쳐다보는 것조차 꺼리는 눈치다. 드라마 PD 출신이 아니라는 회한을 곱씹는 듯.

그렇다. 제작부장은 드라마 파트에서 잔뼈가 굳은 사람은 아니다. 공채로 방송국에 들어왔지만 출발은 업무 관리직이었다. 그나마 교양제작부 차장으로 자리를 옮긴 건 3년 전이고, 교양부장이 된 지 채 1년도 안 되어 '노른자위'로 손꼽힌 드라마부장으로 옮겨 앉았다. 어떻게 보나 파격적인 그의 행보에 주위, 특히 드라마제작부의 시선이 곱지 않았다. 그래서일까. 그는 어지간하면 PD들, 심지어 AD들과의 충돌도 비켜가려 애썼다.

그런데 이번만은 좀 달랐다. 이상하리만치 드센 모습을 보인 것이다. 부장이 그처럼 세게 나올 줄은 이 PD도 미처 몰랐다. 특히 이번 배역에 과잉반응을 보이는 건 무슨 이유에서일까?

제작부장이라면 당연히 제작 전반에 걸쳐 관여할 책임이 있다. 캐스팅도 예외는 아니다. 타 방송사와의 시청률 경쟁, 광고주의 눈치 보기 등을 고려하면 얼마든지 간섭할 수 있는 자리다. 행정적 관여뿐 아니라 넓게는 프로듀서 역할도 해야 할 만큼 그 영향력이 막강하다.

더구나 이 PD는 새내기 PD다. 아무리 왕PD같은 선배들의 지원, 원호사격이 있다 해도 이제 갓 출발하는 입장이다. 비록 PD 출신이 아닌 제작부장이라지만 그와 부딪쳐서 좋을 게 있을까, 이 PD는 일단 한발 물러서기로 마음을 고쳐먹는다.

"알겠습니다. 내일 다시 얘기하지요."

부장도 이 PD의 누그러진 태도를 기다렸다는 듯 곧 굳은 얼굴을 폈다. 그리고 그래요, 내일 다시 얘기합시다, 슬그머니 꽁무니를 빼는 모습을 보였다.

하지만 제 자리로 돌아온 이 PD의 마음은 편치 않은 것 같았다. 전에 없이 캐스팅에 관심과 완강함을 보인 부장의 속셈이 자꾸만 신경을 거슬렀다. 이 PD는 연신 담배연기를 허공에 뿜어댄다. 부장의 내심이 뭘까, 바짝 입술이 타들어 갈 만큼 부장의 저의가 궁금해졌다.

부장을 너무 가볍게 본 게 잘못이었다. 다른 선배 PD한테처럼 이 PD에게도 그리 까다로운 간섭이 없겠지 여긴 점, 새내기 PD에게도 아량을 보일 부장이 아니라는 점을 왜 진작 생각하지 못했을까 후회됐다. 하지만 이미 엎질러진 물이 아닌가.

그렇다. 부장은 내심 점찍어 놓은 후보 탤런트가 있는 게 분명하다. 그렇지 않고서야 그렇듯 지석란의 얘기가 나오기 무섭게 과잉 반응을 보일 까닭이 없다. 평소 주위 눈치를 살피는 부장의 태도와 달리 검증 안 된 '중고신인'이라는 것을 유난히 강조한 것도 전에 볼 수 없는 행동이었다. 부장이 내세우려는 탤런트가 신인이 아니라는 것도 어렴풋이 이 PD는 감을 잡은 듯이 보였다.

이 PD는 처음부터 지석란을 제외한 그 어느 연기자도 마음에 둔 일이 없는 것 같았다. 지석란을 본 순간, 그나마 그의 머리에 맴돌던 예비후보군은 뿔뿔이 흩어져버린 것이다. 그만큼 이 PD는 지석란에 대한 집념이 강한 듯했다.

다행히 작품을 맡은 성낙성 작가도 그 여배우에 대한 집념이 이 PD와 다르지 않았다. 처음 만났을 때의 그 강렬한 눈빛의 강도가 더하면 더했지 덜하지 않았다. 이 PD의 스승 격인 왕PD는 한술 더 떴다. 작품과 역할을 비교한 그는 이 새내기 PD에게 지석란의 캐스팅은 최상의 선택이다, 엄지를 꼽아 보이기까지 했다지 않은가.

'이브의 고백'은 성불구 남편을 둔 여자의 이야기다. 밤이 되면 잠든 남편 몰래 집을 빠져나가 밤거리를 헤매고 사내들의 유혹을 겪는, 철저하게 두 얼굴의 삶을 살아가는 여자의 일생이다.

이 PD는 지석란을 처음 대하는 순간, 그 얼굴에서 그늘을 보았다. 그늘 속의 애수도 보았다. 뭔가 비밀을 품은 듯 오묘한 눈빛도 보았다. 왕PD의 연속극 마지막 녹화 때는 재치와 대담성도 확인했다. 더 이상 무엇을 망설이랴.

언젠가 이 PD는 운실에게 넌지시 석란의 잠적에 대해 물어본 적이 있었다.

"전혀 모르죠. 걔는 지가 연락을 하지 않음 만나기도, 소식을 주고받기도 힘들어요. 한마디로 비밀이 많은 계집애죠, 뭐."

운실의 무심코 내뱉은 그 말이 계속 이 PD의 귀에 앵앵거렸다. 비밀이 많은 계집애, 비밀이 많은 계집애…. 이 PD는 흥분을 가누지 못하고 주먹을 불끈 쥐며 속으로 외쳤었다. 그래. 그거야. 그게 필요한 거야! 하고.

재떨이에 어느새 담배꽁초가 수북하다.

그때까지 제작부 한쪽 구석에서 모든 것을 지켜본 나는 슬그머니 밖으로 나왔다. 그리고 방송사 근처 커피숍에 들어가 고민 삼매경에 빠져있을 이 PD에게 전화를 걸었다.

"나와요. 그 뻔지레한 제작부장 얼굴, 계속 보고 있을 참이요?"

전화를 끊자 득달같이 달려왔는지 이 새내기 PD는 자리에 앉아서도 한참이나 숨을 헐떡였다.

"지석란을 밀어붙이기가 힘든 모양이죠. 하지만 너무 실망 말아요. 하늘이 무너져도 솟아날 구멍은 있으니까—."

나는 우선 그를 안심시켰다. 하지만 결코 듣기 좋은, 그런 빈말은 아니었다. 이런 사태를 짐작한 나는 제작부장의 행적에 대해 이미 여기저기 냄새를 맡아둔바 있다. 친구인 성 작가를 돕는 일이라 생각하고.

어제는 오랜만에 탤런트실을 찾았다. 때마침 거기, 한 중견 남자 탤런트를 본 순간 나도 모르게 눈이 커졌다. 기자 특유의 센스였을까. 어쩌면 제작부장이 묻혀 둔 영역표시를 발견할 수 있다는 예감이 쏜살같이 내 머리에 달라붙었다.

그 중견 남자 탤런트는 평소에도 제작부장의 얘기만 나오면 주변의 눈치는 아랑곳없이 거품을 품었다. 나는 슬그머니 그의 옆구리를 쿡 찔렀다. 요즘 제작부장의 평판이 형편없는 것 같은데, 혹시 아는 게 없느냐? 고.

예상대로 입질이 왔다. 입질 정도가 아니다. 대어가 걸린 듯 제작부장 얘기가 나오기 무섭게 그는 거침없이 궁금한 것을 쏟아냈다.

"그 사람, 유신정권의 실세가 뒤를 봐주는 걸 유세로 염불보다 잿밥에 더 관심이 많은 인간이죠. 그 낌새를 눈치챈 여자

탤런트들이 제작부장의 집 문턱이 닳도록 드나든다는 소문이
파다해요."

그의 입에서 문턱이 닳도록 드나든다는 여자 탤런트들의
이름도 주저 없이 거명되었다. 거명된 여자 탤런트 중에 특히
구미를 당기는 이름도 있었다. 김혜민, 이미 신인 울타리를 벗
어난 중견으로 요즘 갑자기 뜨고 있는 여자 탤런트, 바로 부장
과 밀착설이 나돌고 있는 장본인이다.

그녀는 그 또래로선 엄두를 못 내는 외제승용차도 타고 다
녔다. 외제승용차 출처에 대해서도 독일서 사업하는 아버지가
선물했다, 고 묻지 않은 말도 늘어놓았다. 하지만 변명과는 달
리 동거 중인 부잣집 아들이 사준 거라는 소문이 더 신빙성이
있어 보였다.

나는 언뜻, 언젠가 방송국에서 만난 김혜민에게 부잣집 아
들과의 이상한 소문에 대해 지나가는 말처럼 떠본 일이 생각
났다.

"부잣집 아들이라뇨. 재벌 2세죠. 끈질기게 구애를 해오고
있어요. 하지만 생각해 보세요, 조 기자님. 연기자로서 어느
정도 성공을 거둔 뒤라면 몰라도…"

김혜민은 소문을 전면 부인하지 않았다. 오히려 한술 더 떠
부잣집 아들이 아닌 '재벌 2세'로 정정하는 여유까지 보였었

다. 갑자기 내 손을 덥석 잡으며 비밀예요, 아셨죠! 속삭인 듯 윙크까지 보내며 이담, 때가 오면 제일 먼저 조 기자님에게 특종을 줄게요, 라는 말도 잊지 않았던 김혜민….

하지만 여기저기 수소문한 끝에 김혜민의 재벌 2세 운운은 새빨간 거짓이라는 걸 알아냈다. 동거설의 남자도 소문대로 부잣집 도령이 아닌, 졸부 노인이라는 새로운 사실도 밝혀냈다. 뿐인가. 김혜민은 비밀요정과 마담뚜들이 특별히 모시는 여자 탤런트 중의 하나라는 것도 내 취재망에 걸려들었다.

"털어서 먼지 나지 않는 사람 없다더니."

"털어… 먼지요?"

무심코 내뱉은 군말에 이 PD가 영문을 모른 듯 되묻는다.

"아까, 내가 그랬었죠. 솟아날 구멍이 있을 거라고. 그 탤런트, 제작부장이 숨겨놓은 여자 탤런트를 내가 찾아냈다고요."

"그 탤런트…?"

"거, 있잖아. 외제승용차 타고 거들먹대는 김혜민이란 여자!"

그제야 이 PD도 뭔가 감이 온 듯 민감한 반응을 보였다.

"그럼, 부장이 내세우려는 그 여자가 바로!"

"이제 이 감독도 감이 잡히나 보네."

"그게 김해민이라곤 미처 생각 못했어요. 하지만 그 여자라면 충분히 그럴 수 있어요."

"왜, 제작부에서도 소문이 안 좋은가?"

"안 좋지만 노골적으로 내색하는 AD, PD는 없는 것 같았어요."

"어쩜, 봉투 때문일 겁니다."

"봉투요?"

"지금껏 김혜민에게 안 좋은 가십 한 줄 안 나오는 것도 알고 보면 김혜민이 기자들에게 봉투 배분을 적절히 잘 한 때문이었을 겁니다."

"아니, 그럴 수가?"

"그래서 내가 암암리에 김혜민을 추적 취재하는 것처럼 연기를 피워놨죠. 아무리 봉투로 입막음해도 기자는 다른 기자가 터뜨릴 낌새를 보이면 계속 침묵 못하는 속성 같은 게 있어요."

"갈등이 심하겠네요, 가자님들."

"쓸 것인가, 말 것인가 그것이 문제로다―."

이 PD와 나는 소리 내어 웃었다. 좀처럼 우거지상에서 헤어나지 못한 이 PD의 얼굴에 모처럼 햇살이 깃드나 싶었다.

간통죄로 몰린 히로인

이 PD는 오전 11시가 다 돼서야 부석한 모습으로 제작부에 나타났다. 어제저녁 나와 코가 비틀어지게 술을 마시고 헤어져서도 그는 혼자 카바레를 순례하면서 연거푸 마신 술추럼으로 정신이 혼미한 상태였다.

"왜 이제야 나타나는 거야? 아까부터 부장이 찾고 있던데."

이 PD가 무겁고 지친 엉덩이를 막 의자에 붙이려는데 옆자리의 동료가 그의 옆구리를 쿡 찌르며 낮은 목소리로 말했다.

그는 만사가 귀찮았지만 부장의 부름을 외면할 순 없었다. 더구나 부장과는 어제 캐스팅 문제로 신경전을 벌인 터였다. 이 PD가 한발 물러선 듯하자 부장도 오늘 다시 얘기하자, 슬그머니 물러선 상태가 아닌가.

"어제저녁, 술 많이 한 모양이죠?"

"예, 실컷 마셨죠. 크윽."

이 PD의 트림 섞인 한숨이 부장에겐 얼마든지 귀에 거슬릴 수 있었다. 하지만 부장은 구렁이었다. 다분히 상대를 깔보는 이 PD의 말투에도 부장은 애써 신경을 죽인 듯, 한결 부드럽고 다정한 목소리로 말했다.

"좀 생각해 봤어요?"

"뭘 말이죠?"

"딴 후보에 대해."

"그건, 부장님이 생각해보겠다는 거 아니었나요?"

"그럼…"

부장은 기다렸다는 듯 이 PD를 흘깃 살핀 뒤 말을 잇는다.

"내 생각에는 아무래도…."

"김혜민이 적역이다, 그거죠?"

"역시 이 PD의 생각과 내 생각은 같군 그래. 그럴 줄 알았어!"

"알았습니다. 김혜민으로 가죠."

부장이 뭐가 할 얘기가 있는 눈치였다. 하지만 이 PD는 벌떡 일어난다. 그리고 뒤도 돌아보지 않고 그 자리를 빠져나왔다.

이 PD는 부장의 입에서 김혜민의 이름이 나올 것을 미리 짐작했다. 어제 커피숍에서 조 기자가 들려준 말을 그는 너무 똑똑히 기억하고 있었기 때문이다.

"내일 부장이 불러 김혜민을 밀면 못이긴 척 받아들여요. 김혜민 스캔들이 언제 터질지 모르니까."

이 PD의 마음은 의외로 착 가라앉아 있는 것 같았다. 제자리로 돌아온 그는 전화기를 잡아당겼다. 그리고 다이얼을 돌린다.

"강운실, 오늘 점심 때 짬 낼 수 있어? 지석란이 연락되면 같이 나와도 좋고."

배역을 김혜민으로 결정했으면 우선 그 쪽에 먼저 전화를 해야 하는 게 순서였다. 일단 캐스팅 사실부터 알리고 미팅 시간도 가져야 마땅하다. 하지만 이 PD에게 김혜민은 안중에도 없는 듯 담배를 태우며 운실에게서 올 답신을 기다렸다. 금세 전화벨이 울린다.

"운실? 약속됐어?"

그런데 저쪽에선 전혀 뜻밖의 목소리가 들려왔다.

"저예요, 이 PD님. 김혜민이에요."

"어? 어쩐 일로?"

이 PD는 좀 당혹한다. 말문이 막혀 뜸을 들이고 있는데 김혜민이 서슴없이 정곡을 찔러온다.

"'이브의 고백', 제가 하기로 결정됐다면서요?"

"그건, 그래…. 근데, 그 얘기 어디서 들었지?"

"벌써 얘기가 쫙 퍼졌는데요, 뭐. 제가 제일 나중에 안 것 같아 오히려 섭섭했어요, 이 PD님!"

김혜민과 제작부장의 통로가 얼마나 스피드한 지 대번에 확인되는 순간이었다. 이 PD는 역겨움이 스멀스멀 기어올랐다. 하지만 꾹 참고,

"하여간 알았어요. 곧 연락 갈 거요."

다소 거친 말투로 서둘러 전화를 끊어버렸다.

오후 1시쯤 이 PD는 강운실과 만날 장소로 이동했다. 방송국에서 멀리 떨어진 다방이다. 운실은 먼저 나와 있었다. 그녀의 건너편에 석란의 모습도 눈에 들어온다. 그들 가까이 다가간 그는 그러나 자리에 앉지 않은 채 그녀들이 일어나기를 재촉한다.

"왜 그러는데요?"

운실은 엉거주춤 서있는 이 PD의 눈치를 살핀다.

"금강산도 식후경."

이 PD는 의외로 밝았다. 농담까지 불쑥 던지는 걸 보면 일이 제대로 풀려간다는 걸까? 가슴을 조이며 이 PD의 표정을

살피던 여배우도 애써 속마음을 보이지 않으려는 듯 두 사람의 대화에 끼어들었다.

"어제저녁, 술 많이 하셨나 보죠?"

"좀 했지, 조 기자와. 2차부터는 나 홀로 새벽까지."

"그래가지고 건강이 견뎌나겠어요."

윤실이 그냥 지나칠 리 만무하다.

"그래서 식후경 하잔 거 아냐. 어디 해장국 잘 하는데 없을까."

그들은 점심을 먹고 다시 커피숍으로 돌아왔다. 하지만 이 PD는 별다른 말이 없다. 보다 못한 윤실이 어떻게 돌아가고 있느냐? 묻고서야, 이 PD는 겨우 무거운 입을 열었다.

"부장이 드디어 포문을 열었지. 부장이 점찍은 탤런트가 있다는 거야. 나는 몰랐는데 부장이 내세운 그 여자, 보통내기가 아니라고 조 기자가 귀띔해 주더군. 부장과 맞서지 말래, 조 기자가. 확실하게 밝히진 않았지만 뜻하지 않은 태풍이 엉뚱한 결과를 가져올 수도 있다지 뭐야. 왜, 그런 말 있잖아. '폭풍 전야의 고요'라는 말. 그 여파가 어떨지, 나도 답답하기는 마찬가지야. 조용히 기다려 볼밖에."

지석란은 숨을 죽이며 이 PD의 말을 되새겨 본다. 하지만 그녀 역시 아무 것도 손에 잡히는 게 없다. 순조롭지 않은 건 분명한데 그렇다고 섣불리 예단할 일도 아닌 것 같다. 겉보기에 이 PD는 태연한 척 태평하다. 그의 마음도 그럴까? 아니다. 엄청 스트레스를 받고 있을 게 틀림없다. 석란은 자기의 안타까움보다 폭풍전야의 이 PD를 먼저 생각하고 태연하게 기다리기로 입술을 깨물었다.

석란의 그런 복잡한 표정을 이 PD가 염탐한 걸까, 무슨 말인가 하려다 말고 그만 입을 다문다. 분위기를 감지한 운실이 옆에 앉은 석란의 손을 꽉 잡는다.

"우리 함께 영화나 보러 갈까?"

그때 불쑥, 이 PD가 침묵을 깬다. 다분히 뜬금없는 제안이다. 하지만 얼마나 폭풍전야의 정적이 견디기 힘들면 그럴까 싶어 석란과 운실도 얼른

"그래요! 우리, 영화 보러 가요!"

맞장구쳤다. 합창하듯, 호들갑까지 떨면서.

"신나는 활극, 없을까?"

"활극요?"

이 PD의 말에 운실과 석란이 반문한다. 서부활극을 말하는 건지, 아니면 홍콩 류 등 다른 액션물을 얘기하는지 그 진의가 애매해서였다.

"후닥닥 시간을 때우면 돼."

석란은 얼른 카운터에 가서 오늘 날짜 신문을 가져온다. 광고란을 훑어보며 중계방송을 하듯 상영 중인 영화제목을 읊었다.

"'애인교실' '동반자' '섬개구리 만세' '그 얼굴에 햇살을' 등은 우리나라 영화구요, 외화론 '제인 에어' '쎈츄리안' '바라키' '몬도가네' '헌팅 파티' 등이 있네요."

"골라 봐요. 시간을 때우는데 좋을 것 같은 영화를."

"제 생각은 서부활극에 가까운 '헌팅 파티'와 마피아 갱영화 '바라키' 두 편에서 골랐으면 해요. 007시리즈 감독 테렌스 영의 이름값으로는 '바라키', 진 해크만, 캔디스 버겐, 올리버 리드 등 호화배역을 놓고 보면 당연 '헌팅 파티'에 끌리고요…."

"재미로는 테렌스 영 감독을 따라갈 수 없지. '바라키'로 갑시다. 어디죠, 상영극장이?"

"피카디리, 종로 3가에 있는. '헌팅 파티'도 길 건너 단성사에서 상영해요. 같은 액션물을 걸고 두 영화관이 관객유치에 피투성인 것 같네요."

"그럼, 그거 보러 가죠, 뭐."

운실도 한마디 거들자 셋은 망설이지 않고 밖으로 나가 택시를 집어탔다.

영화는 의외로 매가리가 빠진다. 한낱 운전기사에서 마피아 지역보수가 되기까지 바라키의 역을 맡은 찰스 브론슨이 돋보일 뿐, 기승전결이 두루뭉술했다. 때문일까. 이 PD는 어느새 깊은 잠에 곯아떨어졌다. 석란도 하품이 나오고 졸음이 몰려오는 걸 가까스로 참았다. 말은 않고 있지만 운실이도 몸을 이리저리 움쩍대는 걸 보면 지루하기는 마찬가지인 것 같았다.

이튿날 아침, 드라마제작부는 발칵 뒤집혔다. 이 PD가 제작부에 당도했을 때 이미 부장의 책상에는 〈매일스포츠연예〉 신문이 펼쳐져 있었다. '김혜민, 간통으로 고발당하다'라는 제하의 일면 톱기사가 그의 눈에 확 들어온다. 어제 조 기자가 들려준 얘기가 머리를 스친다. 올게 오고야 말았구나, 이 PD의 입가에 묘한 웃음이 번졌다.

조 기자의 예상이 잘 맞아 떨어진 듯했다. 누군가 터뜨릴 것 같은 위기감을 느끼자 그동안 눈감아 준 '김혜민 스캔들'을 〈매일스포츠연예〉 신문이 한발 먼저 기사화한 게 분명하다.

기사는 김혜민이 간통죄로 고소당한 상황에서 쓴 건 아니다. 김혜민과 졸부 노인 남편의 불륜관계를 폭로하는 인터뷰에서 '간통죄로 고소하겠다'는 부인의 의지를 확인한 것 뿐이었다. 그러나 기사제목은 버젓이 '김혜민, 간통죄로 고발당하다'로 대서특필된 것이다.

사직당국에 고발된 건 아니지만 신문이 그렇게 쓰면 확인 여부는 뒷전이고 수습책이 먼저였다. 김혜민은 대번에 불륜녀로 이미지 아웃되고 방송국 고위층의 불호령이 제작부에 떨어질 건 불을 보듯 뻔하다. 발 빠른 제작부장이 그런 풍토를 모를 까닭이 없었다.

"아니 이 여자, 이럴 수가?"

자못 충격이 큰 부장이 김혜민의 배신감을 삭이느라 끙끙대는 게 한눈에 들어왔다.

제작부장은 이 PD를 불러 세우고 여러 사람들이 보라는 듯 큰 소리로 수선을 피운다.

"빨리 배역을 바꿔요, 이 PD! 거 누구더라, 지석란이라 했습니까. 체인지 해도 지장은 없는 거죠?"

"물론이죠. 지장이 있을 리 없죠."

"그럼 됐어요. 빨리빨리, 서둘러요."

부장은 여전히 김혜민에 대한 배신감을 떨쳐버리지 못해서일까. 목소리가 큰 것과 달리 그의 손은 가늘게 떨리고 있었다.

이 PD는 곧장 지석란에게 전화를 걸었다.

"지석란입니다."

수화기에 흘러 들어온 목소리는 의외로 밝고 리드미컬했다.

"합격이냐, 낙방이냐를 기다리는 수험생의 목소리가 아닌데?"

"마음을 비웠으니까요."

겉으로는 그렇다. 체념한 것처럼 담담하다. 하지만 이 PD는 안다. 짐짓 태연한 척 한 석란의 그 속마음을.

"드디어 컴컴한 하늘에 서광이 비치기 시작했어. 조 기자의 말대로."

"그럼!"

석란은 대번에 눈치챈다. 하지만 뒷말은 잇지 못한다. 흐느끼고 있는 게 분명하다.

"우는 건가?"

"죄송해요, 이 PD님. 마음 같아선 엉엉 울고 싶지만."

"그렇담, 맘 놓고 울어 봐요."

"아뇨. 나중에 울래요."

"그래, 나중에 실컷 울어요. 그리고 내일 아침 10시쯤 제작부로 나와요. 부장에게 인사도 하고 협의할 일이 있으니."

"네, 그럴게요. 시간 어기지 않고 갈게요."

석란은 감정을 가라앉힌 듯 차분하게 대답한다.

여배우의 눈에 불현듯 딸 아이의 얼굴이 어른거린다. 아이를 친딸처럼 호적에 올리고 길러주는 강원도 옥계의 외숙모 얼굴도 떠올랐다. 지석란은 다시 한번 그 고마움을 뼛속에 새겨두고 싶은 마음이 간절하다.

드디어 잡은 행운

그 여배우가 새 수목드라마 '이브의 고백'의 주인공으로 발탁된 건 한마디로 전화위복이라고 볼 수 있었다. 그녀의 앞길을 가로막았던 김혜민의 재앙이 걷히자 복은 거침없이 굴러들었다.

이환율 PD로부터 기쁜 소식을 전해 들은 여배우는 드디어 새 인생이 시작되나 싶었다. 시작이 반이다, 새 각오를 다지면서도 그녀의 마음은 금세 강원도 옥계로 달려가는 걸 어찌지 못했다. 갑자기 딸 아이가 보고 싶었다. 눈에 넣어도 아프지 않을 아이가, 엄마의 품이 아닌 다른 사람의 손에서 자라고 있다고 생각하니 가슴이 미어지 듯 아팠다.

여배우가 남긴 노트에도 그런 그녀의 아픈 마음이 잘 드러나 있었다. 나는 그녀의 일기에서 그 대목을 찾아 일부러 큰소리로 읽기 시작했다. 얼마를 더 가야 하는지 모르지만, 영구차에 실려 가는 게 너무 답답하고 무료했다. 성 작가는 자는 둥 마는 둥 여전히 눈을 감고 있을 뿐이다. 나는 한층 목청을 돋우어 그의 깊은 수면과 침묵을 방해라도 하듯 여배우의 일기를 읽어 내려갔다.

이 PD와 전화를 끊은 내 눈앞에 제일 먼저 떠오른 얼굴은 딸 아이다. 딸 아이의 얼굴에 겹쳐오는 또 하나의 얼굴은 이재호, 바로 아이 아빠 그 사람이다.

하지만 나는 이내 고개를 가로젓는다. 나 혼자 힘으로 키우기로 결심하지 않았는가. 혼자 키우기 위해 이 살벌한 정글에 다시 뛰어들지 않았는가. 그렇다. 오기라도 좋다. 무슨 일이 있어도 나는 그 결심을 지켜갈 걸 다시 한번 다짐한다.

나는 아이가 있는 강원도 옥계, 어머니의 친정으로 시외전화를 걸었다. 여보시오, 외숙모의 목소리다.

"저예요, 외숙모."

"그려, 애기는 별 탈 없다. 넌 어떠냐?"

"오늘, 출연이 확정됐어요. 우리 아기 잘 부탁해요, 외숙모."

"걱정 말고. 참, 애기 이름을 지어야 호적에 올리지?"

"아, 네, 알았어요. 곧 지어 보낼게요. 근데 외숙모. 우리 아기, 꼭 외숙모가 낳은 딸이라는 거 잊지 않으셨죠?"

"마흔 넘어 낳은 애기라는 게 좀 낯간지럽긴 하다만, 어쩌겠냐. 그래야지."

"고마워요, 외숙모."

은혜 꼭 갚을 게요, 하려던 말을 나는 꿀꺽 삼켜버렸다. 아까 이 PD에게도 마찬가지다. 분명 그 은혜 잊지 않을 거예요, 속으로 되뇌었지만 그대로 삼켜버렸다. 죽어라고 그 말이 내뱉어지지 않기 때문이다.

나는 평소 빈말을 예사로 내뱉지 못한다. 어렸을 때부터다. 삐딱한 성질 탓인지 모른다. 하지만 어디 이 세상이 혼자서 살 수 있는 곳인가, 사람과 사람이 부대끼고 숨 쉬며 사는 세상이 아닌가. 생각할수록 외골수인 자신이 한심스럽기 그지없다.

전화벨이 울린다. 이 PD가 다시 건 전화일까? 송수화기를 귀에 가져가는데 감격에 겨운 목소리가 전류를 타고 호들갑이다. 운실이다.

"축하해, 석란아! 얼마나 다행이냐! 그렇게 될 줄 알았어! 그 지저분한 김혜민 얘기, 터질 줄 알았다니까!"

말끝마다 감탄사가 붙은 운실의 어투에 진심 어린 우정이 듬뿍 묻었다. 김혜민을 들먹이는 대목에서는 개선장군 같은 어감도 물씬 풍긴다. 심성이 고운 운실의 마음 씀씀이가 눈물겹도록 고맙기 그지없다.

"모든 게 다 운실이 네가 마음써준 덕이지. 정말 고마워, 운실아!"

결코 빈말이 아니다. 저절로 터져 나온 진심이다.

"내일 10시 제작부에서 만나."

"내일, 너도 나와?"

"그럼. 주인공만 나오라는 줄 알았니?"

"아니, 그런 건 아니고."

"나 같은 조연 등 주요 배역들도 일단 상견례 한다나 봐."

"어찌 됐건 너도 같이 출연한다는 얘기 아냐?"

"그래. 내가 출연하는 게 떫니, 이 계집애야?"

"아, 아냐, 그 반대지. 정말 원더풀이다, 얘."

진짜다. 나는 솔직히 '이브의 고백'에 운실이 캐스팅 된다는 생각을 미처 못 했다. 그만큼 자신의 문제에 너무 집착해 있었기 때문이리라. 운실이와 같이 출연한다니 나는 천군만군의 응원군을 옆에 두는 것처럼 기뻤다.

나는 운실과 전화를 끊자 휘파람이 절로 나온다. 얼마 만인가, 휘파람을 불어본 지가. 어렸을 적부터 선머슴처럼 나는 기분이 좋으면 곧잘 휘파람을 불었다. 계집애가 웬 휘파람이냐, 엄마아빠의 타박이 이만저만 아니었지만 남달리 고집 센 나는 그 버릇을 여태 고치지 못했다.

휘파람 뿐 아니다. 늘 그랬듯 콧노래도 흘러나온다. 아니, 콧노래는 어느새 한껏 돋운 목청으로 한 곡조 꽝 뽑아대고 있잖은가. 김추자가 선풍을 몰고 온 '님은 먼 곳에'라는 노래다.

사랑한다고 말 할걸 그랬지/ 님이 아니면 못산다 할 것을/ 사랑한다고 말 할걸 그랬지/ 망설이다가 가버린 사람/ 마음 주고 눈물 주고 꿈도 주고 멀어져 갔네….

그러나 이내 석란은 신나게 부르던 노래를 뚝 그친다. 날아갈 듯싶은 흥에 따라 부른 노래에 이재호의 얼굴이 어른대서다. 왜 갑자기 이재호인가. 잊기로 한 사람이 아닌가. 그리움이라는 것은 못 말리는 감성인가. 나도 모르게 씁쓰레한 웃음이 세나온다.

나는 가수 김추자를 워낙이 좋아했다. 다른 가수에게 볼 수 없는 파격적이고 폭발적, 뇌쇄적이기까지 한 그 제스처가 무엇보다 마음에 들었다. 이재호와의 첫 만남이 있던 그 파티에서도 그래서 그녀는 '님은 먼 곳에'를 불렀고, 앙코르를 받아 역시 '월남에서 돌아온 김 상사'를 불렀다. 그만큼 김추자의 노래는 흥얼대기만 해도 막힌 체증이 확 뚫렸다.

"천생 배우였어, 저 여잔!"

성 작가가 입을 열었다. 예상한 그대로다. 그는 결코 깊은 수면에 빠지지 않았다. 일부러 큰소리로 읽은 그 여배우의 일기를 한 대목도 빠뜨리지 않은 채 듣고 있었던 게 분명하다.

"그럴 듯 톡톡 튀는 여자가 이재호를 등지고 아이를 낳은 게 난 도저히 이해가 안 가."

나도 할 말이 있었다.

"그 머리로 저 여자의 깊은 뜻을 어떻게 알아."

"현실을 더 어렵게 만드는 게 깊은 뜻인가?"

"현실을 어렵게 만들든 말든, 제 의지가 시키는 대로 따라하는 게 중요한 거 아냐."

"의지?"

나는 성 작가의 의지란 말에 실소하지 않을 수 없었다. 의지를 갖다 붙인 게 억지춘향 같아서다.

하지만 성 작가는 말대꾸도 없이 입을 굳게 닫아버린다. 대꾸할 가치가 없다는 건지, 아니면 딴 생각에 빠져서인지 아까처럼 눈을 감고 요지부동이다.

그래. 어쩌면 성 작가의 판단이 옳은지도 모른다. 아이를 가진 사실을 안 순간, 이재호와의 소식을 끊고 혼자 아이를 키우겠다는 여배우의 결심을 한마디로 찍어 말 하기는 어려울 것이다.

일기에도 여배우는 이상할 만큼 '돌아선 결심'을 세세히 밝힌 게 없다. 성 작가의 말대로 자존심 같은 거, 오기와 남다른 고집 같은 게 여배우의 마음을 그렇게 굳혀버렸다는 생각도 들었다.

나는 언뜻, 여배우가 외숙모와의 전화 통화에서 한 말이 떠올랐다. 아까는 무심코 읽었지만 다시 생각해보니 여배우의 비밀이 또 하나 숨어있다는 걸 깨달은 것이다. 여배우는 외숙모에게 분명 "우리 아기, 꼭 외숙모가 낳은 딸이라는 거 잊지 않으셨죠?" 하고 당부하기를 잊지 않았다. 그렇다면 딸 아이는 여배우의 딸이 아닌 외숙모의 딸로 입적되어 있었다는 얘기 아닌가.

"이봐, 성 작가!"

나는 성 작가를 요란하게 흔들었다.

"또, 왜?"

성 작가는 눈을 떴다가 귀찮은 듯 눈을 흘기며 다시 또 감으려 한다.

"여배우의 딸애가 외숙모의 딸로 입적돼 있었던 건 새로운 뉴스 아냐?"

나는 성 작가의 호기심을 자극하려는 듯 다급하게 반문했다. 하지만 성 작가는 의외로 담담하다.

"그럴 수밖에 없다는 거, 그대도 익히 짐작하고 있었던 거 아닌가."

"아니. 감쪽같이 속았다는 기분인 걸."

"다 끝난 일이야. 이 세상 사람이 아닌 고인을 두고 속았다 한들 무슨 소용이 있겠어."

"하지만 내겐 아직 끝나지 않은 일이야. 세상의 온갖 의혹을 잠재워야 할 내 입장에선 좀처럼 그 섭섭함이 지워지지 않아. 그 생각만 하면 진땀이 난다고."

"자네 입장, 답답한 심정은 알만해. 그래도 어쩌겠나. 이유 여하를 막론하고 우리는 여배우 편인걸. 여배우를 좋아한 죗값을 치룰 수밖에."

"죗값을 왜 나만 치루느냐고?"

"자넨 기자 출신이고 매니저였으니까."

그때 우리가 타고 있는 영구차가 멈춰 섰다. 앞서가던 승용차가 서니까 영구차도 따라 선 것 같다. 이재호가 차에서 내리자 뒤미처 뒷좌석에 타고 있던 고인의 어머니와 딸 아이도 내린다. 구멍가게가 눈에 들어온다. 아이가 목마르다고 하니까 음료수를 사 먹이려나 보다 생각했다.

하지만 할머니와 아이는 가게로 들어가지 않고 가게 옆문을 통해 집 안으로 들어간다. 이재호가 영구차에서 내린 나와 성 작가를 보자 우리 앞으로 다가와 묻지도 않은 말을 건넨다.

"애가 화장실을 가고 싶대서. 그것도 작은 게 아니고 큰 게 마렵대서."

"우리도 목이나 좀 추깁시다."

나는 얼른 가게로 들어갔다. 어제저녁 마신 술 때문인지 목이 칼칼했다. 어디 나뿐이겠는가. 성 작가는 물론이고, 양주 한 병을 거의 혼자서 비우다시피 한 이재호도 예외는 아닌 것 같다.

우리는 너나 할 것 없이 사이다를 병째 들고 벌컥벌컥 들이켰다. 어지간히 목이 말랐던 것 같다. 조금 있다가 화장실에 간 아이와 할머니도 돌아왔다.

"장지는 얼마를 더 가야 하는 거죠?"

나는 차를 타기 전 이재호에게 물었다."

"겨우 반절 왔어요. 야산이지만 좀 깊숙이 들어가야 해요. 길도 제대로 나있지 않아 좀 터덜거릴 겁니다. 하지만 장지는 아늑하고 강도 내려다 보여요. 할아버지 몰래 마련한 장지이니까요."

이재호는 묻지 않은 말까지 덧붙였다.

우리 일행은 다시 출발했다. 조붓한 길은 이재호가 말한 대로 몹시 터덜거렸다. 말할 기분도 나지 않은 나는 눈을 감고 터덜거리는 영구차에 몸을 맡겼다. 하지만 내 머리는 생전에 있었던 여배우의 일로 북적였다. 여배우의 출발은 정말 운이 좋았다. 가까스로 히로인으로 발탁된 '이브의 고백'이 차츰 시청자의 관심을 끌게 되자 여배우가 신데렐라로 뜨는 건 시간 문제였으니까.

인기의 빛과 그림자

수목 드라마 '이브의 고백'이 방영된 지 3주째. 대본읽기 연습을 마친 이 PD는 모처럼 입가에 보일 듯 말 듯 미소를 머금고 그 무거운 입을 열었다.

"그동안 냉랭하던 반응이 조금씩 호전되는 것 같습니다. 다 여러분들이 몸 아끼지 않고 열심히 뛰어준 덕입니다. 지금 연습실을 나가는 순간 변화와 보람을 맛보게 될지도 모르겠습니다."

지석란은 처음 이 PD의 말을 선뜻 이해하지 못한다. 연습실을 나설 때도 무슨 뜻으로 이 PD가 그런 말을 했는지 별다른 감이 오지 않았다. 기자들이 연습실을 나서는 석란을 에워싸고 플래시를 터뜨려서야 겨우 여배우는 이 PD의 미소가 뭘 뜻하는지 알아차릴 수 있었다.

기자들 중에는 나, 조기동도 섞여 있었다. 그러나 나는 멀찌 감치 떨어져서 석란과 기자들의 일문일답을 그냥 조용히 지켜보기만 했다.

지석란은 의외로 대담했다. 화장기도 없는 민낯이었다. 다른 여자 탤런트, 여배우라면 사진 찍는 것만은 극구 고사하기 마련이다. 하지만 석란은 달랐다. 별로 구애받지 않은 듯 카메라를 정면으로 받으며 인터뷰에 서슴없이 임했다.

대답하기 거북한 질문도 나왔다. 갑자기 방송국에서 왜 사라졌죠? 하지만 지석란은 눈 하나 까닥하지 않고 이렇게 대답했다.

"백마 탄 왕자와 밀월여행을 즐기다 오지 않았나, 뭐 그런 게 궁금한 거죠? 비밀이에요. 아니, 상상에 맡길 게요."

지석란의 재치 넘친 말에 기자들은 풋, 대수롭지 않게 웃어넘겼다. 집요한 의혹의 눈초리를 한방에 날려버리는 순간이었다.

중고신인 지석란이 주인공으로 출연하는 '이브의 고백'은 2주 4회가 방영될 때까지 전혀 반응이 나타나지 않았다. 반전의 징후가 보인 건 3주째 5회가 방영된 직후, 시청자로부터 '신인 같지 않은 그 노련한 신인'이 누구냐? 로 시작된 궁금증이 증

폭되자 신문, 방송, 주간지 등에 지석란에 대한 기사가 장마에
물 불어나듯 범람하기 시작했다.

인기란 참 묘한 재주꾼인 것 같았다. 숭어가 뛰니까 망둥이
도 덩달아 뛴다던가. 심지어 지석란의 화장 안 한 '쌩얼'까지
매스컴의 초점이 되었다. 예쁘게만 보이려는 여배우들의 틀을
깬 그녀의 우연한 역행이 오히려 시청자의 호감을 듬뿍 받는
계기가 될 줄은 아무도 예상하지 못한 것이다.

지석란의 얼굴은 쌩얼, 민낯일 때와 화장했을 때가 크게 다
르지 않았다. 단아한 얼굴에 잘 배열된 이목구비. 깨끗한 피부
와 굳이 긴 속눈썹을 달지 않아도 자연스레 겹진 쌍꺼풀은 메
이크업 없이도 우아함과 영롱함이 그대로 배어났다.

지석란의 존재를 일깨어준 첫 망둥이는 광고 쪽이었다. 광
고회사에서 전화가 걸려왔을 때의 당황함과 조심성을, 지석란
은 그녀의 일기에서 이렇게 적었다.

집에서 다음 날의 녹화를 위해 대사암기, 연기 포인트 체
크 등에 정신을 빼앗기고 있을 때 전화가 걸려왔다. 어디라
고요? 나는 여러 번 되풀이해서 거기가 어디냐고 되물었다.
화장품회사 직원으로부터 온 전화인 걸 몰라선 아니다. 알
면서도 자꾸 물었다. 내 귀를 의심하며 말이다.

그때까지도 나는 광고에 대한 상식이 전무했다. 하지만 화장품 광고가 여배우에게는 선망의 대상이라는 얘기는 주위에서 귀가 따갑도록 들었다. 나는 놀라움으로 뛰는 가슴을 진정시키는데 무척 애먹었다.

"출연하는 드라마, 잘 보고 있습니다. 인터뷰 기사에 난 사진도 잘 보았고요. 화장 안 한 쌩얼이 오히려 돋보인 것 같더군요."

그제야 겨우 나는 차분한 마음을 가라앉혔다. 다소 얼떨떨하긴 했지만 내색은 않고 저쪽 얘기를 침착하게 듣기만 했다. 그쪽에서는 일단 자기네 회사로 방문해 줄 것을 바라는 눈치였다. 나는 조심스럽게 언제쯤, 어느 부서로 가면 되느냐고 넌지시 물었다. 내일이라도 당장, 물론 홍보기획실로 오면 됩니다. 경쾌한 목소리가 전화송수화기를 통해 들려왔다.

전화를 끊고 나는 비로소 인기라는 걸 실감했다. 세상이 달라지고 있음을 깨달았다. 영국의 낭만파 시인 바이런이 어느 날 아침 눈을 떠보니 유명해 있었다는 일화가 자신의 일처럼 느껴졌다.

아, 이게 바로 그 인기라는 건가. 화려한 내 모습이 눈앞에 확 다가온다. 그 모습 위에 딸 아이의 귀여운 모습이 포개진다. 나도 모르게 중얼거렸다. '아가야, 드디어 이 엄마가 해냈다!'고. 나는 오른손 주먹을 힘 있게 들어 보이며 다짐하듯 외치는 것도 잊지 않았다. 파이팅!

화장품 회사와 전화 통화가 있은 그날 뒤늦게, 덩달아 뛰는 '꼴뚜기' 한테도 입질이 왔다. 처음 그 여자는 열렬한 팬이라고 했다. 나이를 가늠할 수 없을 만큼 앳되고 애교 넘친 음색은 10대 소녀로 착각하기 쉬울 정도였다.

저쪽에서 만나 뵙고 싶어요, 말해 왔을 때만 해도 나는 앞뒤 가리지 않고 좋아요, 언제든지! 기쁨의 솔직한 감정을 숨기려 하지 않았다. 첫 번째로 걸려 온 팬의 전화가 아닌가.

"오늘은 내일 녹화준비 때문에 어렵겠고요, 모레쯤 어떨까요?"

"저야 뭐. 그럼 모레 뵙게 되겠네요."

어떻게 생각해도 너무 쉽게 이뤄진 약속이었다.

나는 약속된 날, 열혈 팬임을 자처하는 여자를 만난 뒤 곧 후회했다. 무엇보다 그 여자의 화려하고 성숙한 모습에서 나는 심한 거부감을 느꼈다. 앳되고 애교스러운 말투와는 전혀 딴판이라는 게 그렇고, 어딘지 고압적인 억양이 예사로운 여자 같지 않다는 것도 그랬다.

그럼 그렇지. 점심을 먹은 뒤 후식이 나왔을 때 드디어 그 여자의 본색이 드러났다.

"사실 화려한 여배우생활, 보기보다 어려움이 많다는 거 잘 알아요. 무엇보다 수입이 뒷받침해 주지 않기 때문이죠. 스폰서가 있어야 해요, 스폰서가! 딴 인기 연예인들도 마찬 가지죠. 알고 보면 다 뒷바라지 해주는 스폰서가 있어요."

그게 곧 얘기로만 듣던 마담뚜의 마수라는 걸까? 갑자기 현기증이 인다. 혈압이 오르기 때문이리라. 불쾌감을 참을 수 없을 때 나는 화장실을 가는 버릇이 있다. 버릇 때문만은 아니다. 좀 더 현명한 답을 얻기 위한 뜸들임이랄까.

냉랭하게 돌아서면 그 뿐이다. 한편 속 좁은 짓이라는 마음도 든다. 섣불리 그들의 비위를 건드려서 좋을 게 없다는 생각이 퍼뜩 머리를 스친다. 해코지하려 들면 그것도 골 때리는 일 아닐까.

나는 화장실에서 너무 오래 시간을 끈다 싶어 일단 자리로 돌아갔다. 의외로 마음은 차분했다.

"기다리게 해서 죄송합니다."

나도 모르게 깍듯한, 상냥한 어투로 조심스럽게 입을 열었다.

"지금은요, 아무 것도 생각하고 싶지 않아요. 제겐 좀 벅찬 역할인지 조금도 긴장을 풀 수 없지 뭐예요. 첫 주연이지 않아요. 이해하시죠, 저의 입장을요. 하지만 그 고마움, 깊이 간직할게요. 필요할 때 제가 전화해도 되는 거죠? 그럼 전화번호 좀⋯."

그렇게 말해놓고 나도 깜짝 놀란다. 그토록 내가 앞서갈 줄은 몰랐기 때문이다.

선뜻 전화번호를 적어준 마담뚜의 얼굴은 밝았다. 나의 스스럼없는 태도를 좋게 받아들였기 때문일까.

"그러니까 그게 바로 빛과 그림자라는 건가!"

나는 그 여배우의 일기를 읽다 말고 큰소리로 중얼댔다. 옆에서 여전히 눈을 감고 있는 성 작가의 관심을 끌기 위함이다.

"왜 또 호들갑이야. 눈 좀 붙이려는데."

성 작가는 생각보다 금세 반응을 보였다.

"마담뚜의 마수를 따돌리는 여배우의 센스가 보통이 아니어서 말이야."

"마담뚜?"

"화장품회사의 러브콜을 받은 후, 십중팔구 마담뚜인 여자를 만나 스폰서 제안을 받았다는 거 아냐."

"그래, 지석란이 스폰서 제의를 오케이 했다는 거야, 뭐야?"

"재치 있게 따돌렸다, 그거지."

"그럼 됐지, 웬 호들갑이냐고."

"아냐, 그 여배우가 마담뚜의 농간이나 비밀요정, 재벌 2세의 유혹에 흔들리지 않고 자신을 지킨 몇몇 안 되는 여배우가 될 수 있었던 재치를, 바로 그 검은 그림자와의 회동에서 감지했다는 게 중요해."

그러나 성 작가는 대꾸를 하지 않는다. 여배우의 재치 있는 센스를 이제야 발견했느냐, 그런 나무람과 조소가 그의 침묵 속에 담겨져 있는 것 같았다. 좀 계면쩍어진 나는 솔직히 더 말을 이어갈 흥이 나지 않았다.

내가 입을 다물자 성 작가가 오히려 멋쩍었던지 먼저 말을 걸어온다.

"여배우의 일기를 혼자 읽지 말고 큰소리로, 나도 듣게 읽으면 어디가 덧나냐?"

하지만 나는 여전히 계면쩍은 생각에서 벗어나지 못하다 엉뚱한 화제로 말문을 열었다.

"참, 성 작가. 그때 일 생각나?"

"그때 일이라니. 밑도 끝도 없이."

"아, 이환율 PD의 초대로 호텔 중국점에서 우리 다 같이 모였던 일."

"시청률이 보이니까 이 PD가 한 턱 쏜 얘기야?"

"그렇지. 이 PD가 한 턱 쏜 것도 그렇지만 여배우가 끝내 마담뚜의 출현에 대해 입을 다물었다는 게 생각 나냐고."

"말 안 할 수도 있지 뭐."

성 작가는 대수롭지 않다는 듯 심드렁하다.

"여배우의 그런 독한 일면이 결국 목숨도 앗아갔다는, 섬뜩한 생각이 좀처럼 내 머리를 떠나지 않아서 그래."

그렇다. 여배우는 어려운 일에 부딪쳤을 때 주위 사람과 의논하는 것보다 혼자서 슬기롭게 풀어보려는 의식이 남달리 강했던 것 같았다.

커피숍에서 인기 실감하다

아침 느지막하게 일어나 따끈한 커피를 마시고 있는데 운실이 전화를 걸어왔다.

"일어났구나."

"방금. 커피로 정신 불러오는 중이야."

"오늘 점심 같이 하제, 이 감독이."

"그래! 어디서?"

"우선 신라호텔 커피숍에서 12시에 만나자던데."

"그럼, 서둘러야겠네."

전화를 끊은 나는 곧장 화장실로 달려간다. 10시가 조금 넘은 시각. 이빨 닦고, 세수하고, 화장하고, 옷 챙겨 입고 나가려면 빠듯한 시간이었다.

왜 갑자기 만나자는 걸까? 이 PD는 일에 열중할 때는 옆도 돌아보지 않는다. 그래서 운실은 석란을 만나면 하소연하듯 이환율 그 사람 너무 매력 없어, 불만을 털어놓곤 할 때가 더러 있다. 그런 이 PD가 갑자기 만나자면 무슨 일이 있는 게 분명하다. 좋지 않은 일일까? 나쁜 일일까? 어렵게 굴러온 이 행운이 산산 조각나는 일은 아니겠지. 하필이면 미팅장소가 호텔인 걸로 보아 그리 나쁜 일 같지 않다는 생각도 든다.

내 예감은 틀리지 않았다. 호텔 커피숍엔 이 PD, 운실만이 아니다. 성낙성 작가님과 조 기자님도 자리를 함께 하고 있다. 왠지 모르게 나는 눈물이 날 만큼 그분들이 반가웠다.

"아니, 제가 제일 늦었나 보죠."

나는 허리를 낮추며 운실의 옆에 가 앉았다.

"아직 2분 전. 우리도 금방 왔는데 뭐."

미안해할 것 없다는 성 작가님. 나를 대하는 그의 태도는 그처럼 늘 한결 같고 따뜻하다.

이 PD가 기다린 듯 말문을 연다.

"우선 이렇게 늦게 모시게 되어 죄송합니다. 그동안 너무 정신이 없었습니다. 지금도 마찬가집니다만, 그러나 이대로 마냥 지나칠 수 없어 갑자기 뵙자고 했습니다."

"프롤로그는 그쯤 됐고, 본론은 점심 한번 쏘고 싶다 그 거 아니요?"

말 중간에 불쑥 조 기자님이 끼어든다. 너무 정중하고 딱 딱한 이 PD의 쑥스러움을 커버해 주려는 듯.

"아, 네. 결국 그런 셈인가요. 허허."

"그나저나 우리, 이러다 5인방 소리 듣는 거 아닐까."

"5인방 소리 듣는 거, 껄끄러워? 그럼 빠지라고."

조 기자님의 웃자고 하는 말에 성 작가님이 가차없이 쏘 아붙인다.

"그래? 내가 빠져나가면 독점하려고?"

"눈치가 빠르군. 기자 아니랄까 봐."

독점? 순간 나는 고개를 갸웃댔다. 절친한 그들이 누굴 두고 경쟁한다는 말인가? 그러나 나는 곧 이어진 이 PD의 덧칠에 의문이 풀리고 얼굴이 빨개진다.

"참, 두 분이 주고받는 농담은 언제 들어도 재밌어요. 하 여간 지석란을 사이에 둔 두 분의 라이벌 의식, 계속 지켜보 겠습니다."

즐거운 웃음이 너무 왁자지껄했을까. 커피숍 안의 시선 이 일제히 그들 테이블 쪽으로 향하고, 때맞춰 여종업원이 그들의 테이블로 다가오고 있다. 보나마나 '정숙'을 부탁하 는 발걸음이리라.

그러나 예상은 보기 좋게 빗나갔다. 테이블로 다가선 여종업원은 다른 사람은 거들떠보지 않고 내게 상냥한 웃음을 날리며 사인펜과 종이를 내민다.

"저희 커피숍에서 뵈시게 되어 영광입니다. '이브의 고백'을 퍽 감동 깊게 시청하고 있는데요, 사인 좀 부탁해도 결례가 안 되겠는지요."

종업원다운 정중한 부탁이다. 종업원이 사인을 받고 돌아가자 조 기자님이 기다린 듯 말문을 뗀다.

"인기를 실감하는 순간이군! 한턱은 지석란 양이 쏘아야 하는 거 아닌가!"

"아, 아닙니다. 오늘만은 꼭 제가!"

이 PD는 조 기자님의 말이 끝나기 무섭게 앞을 가로막았다.

"그래요. 오늘 점심은 이 PD의 진심을 얻어먹는 걸로 합시다. 지석란 양과 강운실 양도 불만이 없지요?"

조 기자님의 명쾌한 결론.

"저희야 뭐."

우리 둘의 모기소리 합창.

"그럼, 옮깁시다. 근데 어디로 가지?"

성 작가님이 이 PD에게 물었다.

"호텔 내 중국점에 예약해 놓았습니다."

이 PD는 자리에서 일어나 앞장선다. 성 작가님과 조 기자님이 그 뒤를 따랐고, 나는 운실과 팔장을 끼고 나란히 그 뒤를 따랐다. 커피숍 안의 시선은 일제히 나와 운실의 걸음 걸이를 따라붙었다.

음식은 코스로 이미 주문해 놓은 듯하다. 자리에 앉자 물수건이 나왔고, 음식은 담소를 나누며 여유 있게 먹도록 코스에 따라 천천히 한두 가지씩 나왔다.

"지석란에게 좋은 소식이 하나 있습니다."

코스 음식이 한 라운드 돌았을 즈음 이 PD가 불쑥 말을 꺼낸다. 좋은 일이라는 말에 내 귀는 유난히 더 예민해진다.

"확정된 일은 아니고 논의 중이어서 본인에게 아직 얘기 안 했습니다만 대세가 그쪽으로 기울어가고 있는 건 확실해요."

"아따, 뜸만 들이지 말고 속 시원히 털어내 봐요."

듣다 못한 조 기자님이 답답하다는 듯 쏘아붙였다.

"아, 네, 서론이 좀 길었나요. 죄송합니다."

"거두절미하고."

여전히 조 기자님은 성급하시다.

"새로 들어가는 일일연속극에 저희 히로인 지석란이 강력한 주인공 후보로 거론되고 있습니다. 됐습니까!"

"브라보!"

127

순간 박수 소리가 터졌다. 성 작가님과 운실이 친 손뼉이다. 나는 얼굴을 붉히며 고개를 숙인다.

"물망에 올랐다는 그것만으로도 '이브의 고백'에서 지석란의 연기가 그만큼 인정받고 있다는 얘기죠. 이게 모두 성 작가님께서 쫓기지 않고 작업을 할 수 있게 작품을 미리 써주신 덕입니다. 저에게 큰 힘이 돼준 점, 다시 한번 이 자리를 빌려 감사드립니다, 성 선생님!"

이 PD는 보기와 달리 겸손했다. 깐깐하고 외고집인 사람에게서 흔히 나타난 자만심이 엿보이지 않았다. 왜 그가 한턱 쏘고 싶었는지, 능히 짐작하고도 남았다.

"저도 드릴 말씀이 하나 있는데요."

나는 조심스럽게 운을 띄었다. 이 PD의 얼굴에 향했던 성 작가님과 조 기자님, 운실의 시선이 금세 내게로 옮겨온다.

"좋은 쪽? 나쁜 쪽?"

장난기 많은, 조 기자님의 성급한 질문이 비집고 끼어든다.

"광고 섭외가 들어온 거라면 분명 좋은 쪽이겠죠!"

"광고 나름이지, 뭐."

하지만 또 조 기자님이 의문을 달았다.

"화장품이에요."

"행운이군!"

그때까지 가만 듣고 있던 성 작가님의 탄성이 조 기자님의 의문을 덮어씌웠다.

옆에 앉은 운실이 나의 손을 더듬어 잡고 축하의 신호를 보낸다. 뒤미처 이 PD도 한마디 덧붙인다. 화장품 광고라면 드라마의 이미지에도 큰 도움이 될 거라고.

"행운의 여신이 완전히 지석란의 편에 섰군. 그래요. 화장품 광고는 여자 연기자들에겐 선망의 대상이 틀림없지. 하지만…."

"하지만, 어떻다는 건데?"

조 기자님의 뒷말에 시비를 걸 듯 성 작가님의 다그침이 뒤따랐다.

"부자 몸조심! 보나마나 화장품 광고에 나가면 어중이떠중이 광고가 몰려들 텐데 선별 관리해야 할 필요가 있다, 뭐 그런 우려의 의미지. 멀리 보고 말이야."

"저도 동감입니다."

이 PD가 조 기자님의 우려에 선뜻 동조한다. 인기가 좀 오르자 무분별한 과욕을 쫓다가 망가지는 여자 연기자를 여럿 봤다며.

"메뚜기도 한 때라 생각할 수 있어요. 기회란 그리 쉽게 손에 잡히는 게 아니니까. 하지만 멀게, 길게 봐야 한다는 생각, 나도 조 기자의 생각과 같아요."

성 작가님도 신중론에 무게를 두었다.

"명심하겠습니다."

나는 광고에 관한 한 여기 계신 선생님들과 꼭 상의 드리고 결정할 겁니다, 다짐하기를 잊지 않는다.

언뜻 만난 마담뚜가 떠올랐다. 하지만 나는 그 얘기는 왠지 입 밖에 내고 싶지 않았다. 좋은 화제도 아닐뿐더러 분위기를 깰까 조심스럽기 때문이다.

그때 조 기자님이 불쑥 묻는다.

"혹시 엉뚱한 데서 걸려 온 전화는 없었나요?"

"엉뚱한 데라뇨?"

나는 가슴이 뜨끔했다.

"뻔하지. 비밀요정이나 이른바 7공자 등 재벌 2세들을 등에 업은 마담뚜 같은 데."

잠깐 뜸을 들인 조 기자님은 다시 말을 잇는다.

"인기 오른 신인들에게 의례 뻗쳐오기 마련인 유혹의 마수지. 한번 걸려들면 좀처럼 빠져나오지 못하거든. 수입이 보장되는 대스타도 초년병 시절의 악연 때문에 선뜻 돌아서지 못한다지, 아마."

"그 골치 아픈 데, 얼씬대지 못하게 하면 될 거 아닌가."

조 기자님의 말이 좀 길어지자 성 작가님이 가만 보고만 있지 않았다. 성 작가님의 말이 떨어지기 무섭게 나도 얼른 골칫거리 근처에 얼씬대지 않도록 명심, 또 명심하겠습니다, 다짐하며 화제를 바꾸려 애쓴다.

얘기는 다시 새 일일연속극 여주인공 발탁에 대한 것, 어느 영화감독이 나에 대해 물어왔다는 성 작가님의 영화 쪽 반응 등으로 옮겨갔다. 이 PD는 일일극 발탁은 긍정적으로 보면서도 영화출연은 그다지 반기는 표정이 아니다. 역시 TV 종사자다운 자존심일 게 분명하다.

"저로선 아직 일일극 배역도 벅찹니다. 하물며 영화에서 출연 교섭이 온다 해도 당분간 그쪽은 얼씬하지 않을 생각이에요. 한 1년간은 옆도 돌아보지 않고 TV에만 매달릴 작정입니다. 믿어주세요, 이 감독님!"

"마치 의리 맹세 같군. 하지만 나는 대찬성!"

조 기자님이 나의 결심에 적극 동감한다. 성 작가님과 운실도 역시 박수로 나의 결심에 격려를 보낸다. 이 PD는 뭐라 표현은 안 하지만 얼굴 가득히 번진 미소를 굳이 감추려 하지 않았다.

집으로 돌아가는 나의 발걸음은 날아갈 듯 가벼웠다.

'아가야. 뜨고 있는 이 엄마가 장하지 않니! 고마운 분들이 옆에 굳게 지켜주고 있기 때문이란다, 아가야!'

나는 눈앞에 떠오른 딸애의 환영을 곱씹으며 주먹을 불

끈 쥐었다. 다짐하고 싶었다. 언제부터인가 나는 그랬다. 궂은 일, 기쁜 일이 있을 때마다 마음에 늘 딸애를 불러들였다. 혼자가 아님을 확인하고 각오를 다지기 위해서인지 모른다.

"처음부터 딸애가 있다는 걸 우리가 알았으면 그처럼 전전 긍긍할 필요가 없었을 텐데…."

성 작가가 한숨을 크게 내쉬며 중얼댔다.

"그만큼 우리를 신뢰할 수 없었던 거 아닐까?"

"신뢰? 그럴지도 모르지. 열 길 물속은 알아도 한 길 사람 속은 모른다니까."

"그게 다 성 작가의 그 눈빛 탓이야."

"내 눈빛이 어때서?"

"음탕한 눈빛이 주위에서 번뜩이고 있으니 어떻게 여배우가 마음 놓고 믿을 수 있었겠냐고."

"이봐 매니저 선생, 여배우 관을 앞에 놓고 시답지 않은 농담이나 계속 늘어놓을 참이야!"

끝내 성 작가는 더 이상 못 참겠다는 듯 노기 띤 음성을 날렸다. 그리고 다시 쐐기를 박듯 말했다.

"부부 사이에도 털어놓을 수 없는 비밀이라는 게 있는 법

아닌가."

노려본 눈이 너무 고약해 나는 일단 항복의 표정을 지어보이며 물러섰다.

때문일까, 우리 둘 사이에 흐르는 냉기는 좀처럼 사그라질 기미를 보이지 않는다. 지루하고 답답한 침묵이 더 한층 냉랭한 분위기를 부채질 하는 듯싶었다.

영구차는 그런 내 기분을 대변이라도 하듯 조붓하고 거친 길을 계속 터덜터덜 가고 있었다.

연예계 강타한 이니셜 파동

"도대체 어떻게 된 거야, 그게?"

성낙성은 나를 보자 다짜고짜 다그쳤다. 왜 그처럼 다그치
는지 미처 깨닫지 못한 나는 자리에 앉지도 못하고 엉거주춤
서 있는 채 그를 빤히 쳐다보았다. 성 작가가 다시 말을 하려
들자 나는 얼른 손을 내저으며, 숨 좀 돌리고 목도 좀 추긴 다
음에 얘기하자며 자리에 앉자 커피부터 주문했다.

아침에 출근하자 성 작가는 득달같이 전화를 걸어왔었다.
빨리 좀 만나자고. 뭐가 그리 급한지 숨넘어가듯 재촉이 성화
같았다. 전화로 얘기하면 안 돼? 하지만 성 작가는 꼭 만나서
얘기할 문제라며 전화도 그쪽에서 먼저 끊어버렸다. 대게 급
하긴 급한 모양이네, 나는 데스크의 눈치를 살핀 뒤 외근을 핑

계 삼아 회사를 빠져나왔다. 그리고 택시를 집어타고 성 작가가 기다린다는 충무로 라이온스 호텔 근처 커피숍으로 달려갔다.

"뭣 땜에 그토록 숨넘어가는 거냐고?"

나는 커피를 마시며 비로소 성 작가의 안색을 살핀다. 하지만 정작 그는 뭔가에 몰두해 있는 탓인지 선뜻 입을 열지 않았다. 침통한 얼굴로 무엇에 그리 정신을 팔고 있는지 몰랐다. 머쓱해진 나도 말할 흥미를 잃었다.

"그 친구, 별 탈 없겠지?"

한참 만에야 성 작가가 겨우 토해낸 말이다. 나는 벌컥 치미는 화를 삼킬 수 없었다.

"에둘리지 말고 직구 좀 날려봐. 본색이 드러나야 무슨 얘기든 해줄 거 아냐!"

"지석란은 그놈의 이니셜 파동에 안전한가, 그 말이다. 됐냐?"

성 작가의 옥타브도 자못 높았다. 나는 비로소 성낙성이 무얼 걱정하는지를 눈치챘다. 성 작가도 신문을 보긴 본 모양이다. 연일 도하 신문들에 윤락 여자 연예인들로 추정되는 영문 이니셜 명단이 춤을 추었다. 매춘 여배우로 추정되는 영문이니셜 중 J모 양이 혹여 지석란을 지칭하는 건 아닌지, 성 작가는 그게 궁금하고 걱정됐을 게 틀림없었다.

윤락 여배우로 추정되는 이니셜 명단은 엉뚱한 사건에서 불똥이 튀겼다. 문제의 발단은 종교재벌 망나니2세가 외환관리법 위반으로 잠자던 집에서 체포되면서 불거졌다. 밤새 잠복한 수사관들이 새벽 그의 집을 덮쳤을 때 같은 침대에 있던 실오라기 하나 걸치지 않은 신인 여배우가 도화선이었다.

신인 여배우는 경찰조사에서 뜻밖의 진술을 입에 올린다. "돈을 받기로 하고 동침에 응했다"고. 가뜩이나 세간에선 여배우들에 대한 시선이 곱지 않은 터였다. 신인 여배우의 그 말 한 마디는 모든 여배우들을 하루아침에 윤락녀로 추락시키는 빌미를 만들어 주고 만 셈이다.

어디서 그런 명단이 흘러나왔는지는 정확히 밝혀지지 않았다. 출처가 불분명한 성매매 연예인으로 지목되는 이른바 K모 Y모 W모 O모 J모 C모 등 영문이니셜 명단이 신문과 주간지에 일제히 나돌았고, 명단에 포함된 연예인은 일시에 매춘 연예인이라는 똥바가지를 뒤집어써야 할 판국이었다.

성 작가의 우려를 자아낸 건 'J모'라는 이니셜이다. 지석란이 바로 J모가 아닐까, 조바심이 날 법도 하다. 하지만 J모 양이 어디 지池 뿐이랴. 장張과 조趙와 정鄭 등도 얼마든지 J로 표기될 수 있는 성 씨들이니 말이다.

"지석란은 걱정 안 해도 될 것 같다. 됐냐?"

나는 단호히, 자신 있게 말했다. 그렇잖아도 사건이 터지자 J모 양의 상자 안에 지석란이 들어있지 않나 신경이 곤두서지 않을 수 없었다. J모 양 뿐이 아니다. 이니셜로 포장된 실체를 추적, 파악하는 건 기자의 본분이었다. 하지만 아무리 눈을 씻고 뒤져보아도 J모의 상자 안에 지석란이란 이름은 들어있지 않았다.

"흔적이 전혀 안 보여, 더구나 그 종교재벌 망나니2세 뿐 아니라 이른바 장안의 바람둥이 7공자와 자주 섹스파티를 즐긴다는 J모 양도 지석란과는 무관하다는 게 확인됐어. 탤런트협회, 배우협회, 심지어 가수협회에 이르기까지 이니셜에 오르내리는 장본인들을 불러 자체 조사를 벌였던 모양이야. 한데 지석란의 이름은 어디에서도 거명되지 않았지 뭐야."

"그래!"

성 작가는 그래도 마음이 놓이지 않은 듯 떨떠름한 얼굴을 거두지 못했다.

"이봐, 성 작가. 얼굴 좀 펴. 누구 초상났어!"

"조심스러워서. 왜 그런 말 있잖아. 자라보고 놀란 가슴 솥뚜껑 보고 놀란다고."

"뭐, 그럴만한 이유라도 있어?"

"아주 중요한 비즈니스를 앞에 두고 있기 때문이지."

"비즈니스?"

"모 영화감독이 지석란에게 입맛을 다시고 있어."

얼마 전 모 영화감독이 성 작가에게 전화를 걸어왔다고 했다. TV극 '이브의 고백'을 잘 봤다며 지석란을 다음 작품에 쓰고 싶은데 성 작가에게 다리 역할을 부탁했다는 것이다.

"혹 그 감독, 이혁수 감독 아냐?"

나는 언뜻 짚이는 게 있었다.

"그걸 어떻게 알지, 조 기자가?"

"이 사람, 내가 기자라는 거 잊었나. 이 감독이 만들려는 영화가 아마 '겨울여행'인가 그렇지. 언젠가 나를 만나서도 여주인공 하나 점찍어 달라 그랬어. 그땐 무심코 들었는데 그게, 그새 그렇게 진전됐다 그거군."

"그러니 얼마나 마음이 타겠어."

"뭣 땜에 그리 지석란에게 올인 하는 건데?"

"사돈 남 얘기 하네."

이혁수 감독이라면 침체된 영화계에 새바람을 일으킨 감독으로 손꼽힌다. 신문연재소설 '청춘 행진곡'을 영화로 만들어 크게 히트, 일약 흥행 감독으로 주목받았을 뿐 아니라 청춘멜로의 새 장을 열었다는 평판도 얻었다.

그러나 이 감독은 다음 메가폰의 '겨울여행'을 청춘멜로의 틀을 벗어나고 싶어 했다. 노년의 눈으로 젊음을 되짚어보려는 구성이 그랬다. 관조觀照를 통한 젊음의 로맨스를 얘기해보려는 의욕을, 언젠가 나를 만났을 때 들려준 기억이 문득 생각났다. 그리고 왜 이 감독이 지석란을 점찍었는지, 그 이유도 알 것 같았다.

"혹 지석란의 노역을 마음 들어 하는 거 아냐?"

"꼭 그렇다곤 안 봤어. 역시 그 당찬 연기에 가능성을 본 걸 거야. 신인이면서 신인답지 않은 내면연기. 어느 연출자든 감독이든 지석란과 일을 해보면 반하게 돼 있어."

"이 감독은 아직 지석란을 만나지도 않았잖아."

"만나면 반하게 돼!"

성 작가는 자신 있게 말했다. 이거야 원, 이거야 말로 지석란에 얼빠진 사람의 모습이 아니고 뭐냐.

지석란에 얼빠진 건 성 작가만이 아니다. 따지고 보면 나도 그 범주를 크게 벗어나지 못한다. TV극 '이브의 고백'이 종영될 때 까지 나는 한 주도 거르지 않고 지석란의 기사를 써왔다. 보다 못한 데스크가 이러다 아예 지석란의 전속기자가 되는 거 아닐까, 농반진반 놀려댄 일도 있었다.

어느 날 밤에는 지석란과 결혼하는 꿈을 꾸기도 했다. 지석란과의 초야를 치르다 몽정을 다 하는, 해괴망측한 일도 벌어진다. 이러면 안 되는데, 할수록 더욱 지석란에게 다가가는 내 모습을 보고 깜짝 놀랄 때가 한두 번이 아니었다.

하지만 그 여배우는 아이 엄마라는 것, 마담뚜와의 접촉 같은 예민한 일은 좀처럼 성 작가와 내게도 털어놓지 않은 또 다른 일면을 가지고 있었다. 차라리 우리에게도 그 일면까지 더불어 공유했더라면 어떻게 되었을까. 적어도 여배우를 그처럼 쉽게 떠나보내진 않았을 거라는 상상도 해본다. 물론 사후약방문 같은 상상이지만.

여배우는 솔직한 듯 보이지만 실제로는 그렇지 못했다. 아이 엄마라는 것, 비밀요정이나 마담뚜와의 관계 같은 건 죽어라고 뒤로 감췄다. 심지어 우리에게도 말이다. 못 말리는 그 고집, 그 아집이 목숨까지 앗아갔다는 생각을 하니, 새삼 여배우의 죽음에 대한 아쉬움과 안타까움이 더욱 가슴을 저미어 온다.

여배우가 남긴 일기에도 그녀의 지독한 일면이 잘 나타났다. 여배우는 대담하면서도 지나칠 만큼 조심스러웠음을 눈여겨볼 수 있다.

나는 다른 날보다 좀 일찍 일어났다. 야외촬영이 있는 날이기 때문이다. 방영한 지 얼마 안 된 일일연속극이어서 스튜디오 녹화와 병행, 현지로케이션이 잦았다.

하지만 오늘의 야외촬영은 인천 근처 서해 해변에서의 아주 간단한 장면이다. 낙조가 깔린 해변을 서성대는 나를 스케치하는 게 고작이니까.

로케이션 스케줄은 오후 해 질 무렵. 2시 서울서 촬영팀을 만나 인천으로 떠나면 그만이다. 서둘러야 할 이유가 눈곱만치도 없다.

"왜, 더 좀 눈 붙이지 않고?"

부엌에서 나오다 세수하기 위해 문지방을 내려선 나를 본 엄마가 걱정스러운 듯 빤히 쳐다본다.

"잠이 안 와. 정신은 또렷한데 이부자리에서 뒹구는 게 보통 고역이 아냐, 엄마."

"촬영은 오후 늦게 있다며."

하지만 나는 엄마의 걱정일랑 귓가로 흘리고 마당 한 쪽에 있는 수돗가로 다가갔다. 수도꼭지를 틀어 세숫대야에 물을 받고 물이 넘치자 수도꼭지를 잠근 뒤 얼굴을 씻었다.

수돗가에 쭈그리고 앉아 세수하는 딸의 모습을 본 엄마는 마음이 언짢았을까. 명색이 배우인 딸이 마당 수돗가에서 세수하는 게 딱했는지, 언젠가 엄마는 나에게 이 한옥을 팔고 아파트로 이사 가자고 한 일이 생각났다.

하지만 나는 그때 분명 단호히 도래질 했다. "나는 이 한옥이 좋아. 아빠의 체취가 느껴져서 좋다고. 제발 이사 갈 생각 안 하기야, 응, 엄마?" 나의 남다른 고집을 잘 아는 엄마는 두 번 다시 그 얘기는 꺼내지 않았다.

나는 TV 주간연속극 '이브의 고백'으로 일단 스타덤에 올라선 것 같다. 그 덕에 여배우들이 선망하는 화장품 광고 모델이 됐고, 그해 말 방송사에서 실시하는 연기대상 시상식에서 신인상도 차지했다. 그 인기를 몰아 일일연속극 주역으로 발탁되는 행운도 얻는 등 적잖은 변화가 눈부시게 나를 비추고 있다.

하지만 나의 사생활은 달라진 게 거의 없다. 인기가 조금 오르기 무섭게 굴리는 자가용도 장만하지 않았고, 그 흔한 로드매니저라는 도우미도 두지 않았다. 소품, 의상 등을 직접 챙겨 택시를 타고 다니면서 한 번도 주위 사람들에게 불편해하거나 짜증을 내보인 적도 없다. 그래서 모두 나를 '억척신인'이라고 혀를 내두른다.

내 머리에는 오직 강원도 이모에게 맡겨둔 아이 생각뿐이다. 자존심을 꺾고 탤런트 생활을 하는 것도, 모든 어려움을 인내하는 것도 따지고 보면 다 그 아이 때문이 아닌가. 화장품 광고모델료로 적잖은 액수의 돈이 들어왔을 때도 그랬다. 나는 반절을 뚝 떼어 이모네 집으로 보냈다. 그래야만 이모가 아이를 자기 자식처럼 길러줄 것 같았다.

"아침 차려줄까?"

엄마의 목소리가 부엌 쪽에서 들려온다.

하지만 나는 아침 생각이 없다. 늘 그런 것처럼 커피로, 진한 커피를 마시며 아침을 건너뛸 생각이었다.

"아냐, 엄마. 아침 겸 점심을 11시쯤 먹을게."

화장을 간단히 마친 나는 새삼 엄마와 마주 앉았다. 오늘은 생각해오던 것을 엄마와 상의해서 결정하기 위해서다.

"왜, 새삼스럽게?"

"모녀가 다정하게 커피 한잔하면 안 돼?"

"서쪽에서 해가 뜨겠다, 얘."

엄마는 의외라는 듯 눈을 흘긴다. 그러나 엄마의 눈에는 흐뭇함이 잔뜩 서렸다.

나는 엄마와 커피를 마시며 그 어느 때보다 말을 많이 한 것 같다. 엄마의 결심을 끌어들이기 위한 술수다. 엄마의 마음을 녹여놓기 위한 멍석 깔기랄까.

"근데 엄마!"

나는 엄마의 손을 다정하게 끌어당겼다.

"…?"

"분식점 때려 칠 수 없을까?"

"그래도 생활비가 거기서 나오는데. 혹시….."

"창피해서 그런 건 아냐."

"아님, 왜…?"

"엄마가 날 좀 도와줘야 할 것 같아서."

영문을 모르는 엄마에게 알아듣도록 설명하기 위해 나는 더 가까이 엄마에게 다가앉는다.

나는 여러 날을 두고 생각했다. 화장품, 의상 등을 챙겨주는 도우미 고용을 더 이상 미룰 수 없다고. 늘어나는 스케줄을 혼자 감당하기가 보통 힘들지 않았다. 생각 같아서는 선배 탤런트가 알선해준 대로 그럴듯한 도우미를 소개받아 쓰면 그만이었다.

하지만 남을 곁에 두는 일이다. 남과 함께 생활을 하다 보면 자연 집안의 크고 작은 일, 알 것 모를 것 죄 알기 마련이다. 더구나 나는 애 엄마라는 걸 숨기며 배우생활을 하는 처지가 아니냐. 남을 고용하느니 엄마의 도움을 받자, 고심 끝에 내린 결론이었다.

엄마는 예상대로 한사코 손사래를 쳤다. 뒤에서 묵묵히 돕는 게 엄마의 역할이라며. 하지만 어렸을 때부터 남다른 딸의 고집을 안 엄마는 자식 이긴 부모가 없다는 듯 나의 간청을 받아들이고 만다.

내친 김에 나는 부엌 등 집안을 개조하는 계획도 엄마와 의논한다. 지금의 부엌으로는 도저히 두 식구가 일사불란하게 바깥 생활과 가정생활을 병행해가기 어렵다고 판단했기 때문이다. 부엌을 거실로 들이고 화장실도 집안에 설치, 편리한 아파트 방식으로 집안을 확 바꿔보려는 속셈이다.

그때 전화벨이 울린다. 엄마가 얼른 송화기를 집어 들었다. 딸이 유명세를 타자 어떤 전화든 엄마는 딸이 덥석, 먼저 받게 하지 않았다. 걸려 온 전화 중에는 본인이 받기 거북한 전화가 수두룩했기 때문이다.

"조 기자다."

엄마는 부리나케 수화기를 딸에게 건넸다.

"웬일이세요, 조 기자님?"

언제 들어도 다감한 목소리다.

성 작가와 커피숍에 앉아있다며 오늘 스케줄이 어떠냐고 묻는다. 당장이라도 만났으면 하는 눈치다. 짬이 난다면 당장 성 작가와 셋이 만나잔다. 영화에 첫선을 보이는 중요한 일이라는 걸 그때는 몰랐지만, 순간적으로 좋은 일일 거라는 예감이 들었다.

"좋은 일인가 보다. 그죠! 늦게라도 좋아요. 인천에서 로케이션이 끝나면 득달같이 달려갈게요. 오늘 밤, 우리 집은 어때요? 남들 시선도 구애받지 않고. 성 선생님도 같이 오시는 거죠? 우리 오늘 밤 거하게 한잔하자고요."

내가 언제부터 이렇게 수다스러워졌는지 놀랍다. 하지

만 성 작가님과 조 기자님한테는 스스럼없이 수다스러워지
는 걸 어쩌랴.

우리, 그러니까 성 작가와 나는 밤 8시가 넘어서 여배우네
집에 갔다.

처음은 그랬다. 간단히 용무만 마치고 저녁을 먹으면서 반
주 몇 잔으로 일어서려 했다. 하지만 여배우의 기분이 그게 아
니었다. 한 잔만 더, 한 잔만 더 하다 어느새 통금시간을 넘겼
고, 새벽 3시까지 그렇게 마시다 결국 성 작가와 나는 여배우
의 방에서 눈을 붙이는 꼴이 됐다.

양주로 온몸이 적셔진 듯 취했으나 나는 쉽게 잠을 청하지
못했다. 여배우의 향기로 가득찬 방이었다. 게다가 술기운이
돌자 대담해진 지석란의 모습이 새삼스럽게 눈에 선하게 떠올
랐다.

지석란은 보통 술이 센 게 아니었다. 말도 많았다. 아슬아
슬한 얘기도 거침없이 쏟아냈다.

"마담 뚜, 만났죠. 못 만날게 없다고 생각했어요. 좋은 후원
자, 스폰서가 있음 소개해 달라고 먼저 선수를 쳤죠. 놀라더군
요, 뚜 언니는. 이쪽에서 세게 나가니까 저쪽에서 외려 위축되
는 것 같았어요. 그게 그렇게 재밌을 수 없었죠."

"하루는 기관에서 전화가 왔었어요. VIP가 나오는 파티에 나와 줄 수 없느냐고요. 기꺼이 나가겠다고 말했죠. 초대해줘서 땡큐! 인사도 빠뜨리지 않았고. 그쪽에서 여간 만족해하는 게 아니었어요. 그러다가 좀 어렵게 됐네요, 하니까 왜냐고 묻더군요. 소문 내지 마세요, 목하 달거리 중이거든요! 달거리가 뭔지 모르는 저쪽 남자는 여자들이 매달 하는 성스런 행사라는 말을 덧붙여서야 알아들었다는 듯 핫, 크게 웃고는 전화를 끊더라고요,"

"윤락 연예인들의 이니셜이 마구 춤을 출 때, 두 분이 보여준 믿음, 정말 고마웠어요. 하지만 유혹의 손이 뻗쳐오는 것도 다 인기가 있다는 증표 아닌가요. 오히려 이니셜에 오르내리는 연기자들이 부럽던데요."

이혁수 흥행 감독을 미팅하는 것도 여배우는 빠뜨리지 않았다. 놀랍게도 그녀는 이혁수 감독의 영화 '청춘 행진곡'을 본 것 같았다.

"정말 재치 넘친 감독인 것 같았어요. 키스신을 보여주지 않아도 그 육감적인 분위기를 자아내는 건 이혁수 감독 특유의 연출 솜씨겠죠. 솔직히 말씀드리자면 이 감독님을 만나 뵙는 게 좀 두려워요. 딱지를 놓으면 어떠나, 기대에 미치지 못한 이미지라면 어떻게 하나 해서죠. 과연 합격점을 받을 순 있을까요?"

취중이었다. 술에 취하면 자연 조심성도 풀어지기 마련이다. 하지만 지석란은 달랐다. 취중이라도 '아이 엄마'라는 말은 입도 뻥긋하지 않았다. 다른 건 몰라도 그 문제에 대해서만은 얼마나 보안에 지독한가를 단적으로 보여주는 대목이었다.

지독한 건 '아이 엄마의 보안'에만 국한하지 않았다. 자기의 어머니를 로드 매니저로 채용(?)한 거라든가, 당분간은 자가용을 굴리지 않고 택시를 이용한다는 그녀의 각오에서도 보통 짠순이가 아니라는 것도 쉽게 느낄 수 있었다. 도무지 배우의 티를 내지 않은 여배우의 소탈하고 단단한 모습, 그러면서도 단아함을 잃지 않은 지석란, 그 매력의 호수에 빠지지 않고 어떻게 배길까, 절로 탄식이 나왔다.

밖이 환해 온다. 어느새 새벽이 온 것인가. 뜬눈으로 밤을 지샌 나는 옆에 세상 모르게 자는 성 작가를 흔들어 깨웠다. 좀 이른 시간이지만 조용히 집을 빠져나와 해장국으로 속을 풀었던 게 어제 일처럼 눈앞에 어른거렸다.

출연료 전액 미혼모를 위해

"지석란입니다."

지석란은 이혁수 감독이 커피숍에 모습을 보이자 벌떡, 자리에서 일어섰다. 한 눈에 이 감독을 알아보는 눈치였다. 이 감독이 가까이 다가서자 그녀는 다소곳이 허리를 굽혔다.

"역시 내가 기대한 그 모습이군요."

이 감독은 맷바람에 지석란에게 손을 내밀었다. 옆에서 보면 그들은 초면이 아니라 오래 전부터 알고 지내온 사이처럼 정겨워 보였다.

"이봐, 기자 양반. 내 말 맞지. 이 감독이 마음에 들어 할 거라고 한 말!"

성낙성 시나리오 작가는 옆에 앉은 내 옆구리를 쿡, 찌르며

신이 난 듯 속삭였다.

　퇴계로 2가 세종호텔 커피숍. 호텔 옆 큰길을 건너면 바로 그 유명한 영화인 거리 충무로 3가가 있다. 그곳을 피해 한 블록 건너 미팅장소를 정한 건 성 작가였다.

　이 감독은 혼자가 아니었다. 한눈에 봐도 영화인 냄새가 물씬 풍기는 장발과 그 옆에 깡마르고 눈빛 초롱초롱한 단신, 그렇게 두 명을 호위무사처럼 대동하고 나왔다.

　"여기 장발 선생은 촬영감독이고, 이쪽 작지만 매운 고추는 조감독입니다. 지석란 씨와 미팅이 있다니까 이 친구들, 나보다 더 들떠 따라나서지 뭡니까. 나 원 참."

　이 감독은 이번에는 뒤에 서 있는 사람들에게 우리를 소개했다.

　"여기 계신 분은 잘 알고 있지. 바로 성낙성 시나리오 작가 선생이시고, 그리고 저기 배우처럼 잘생긴 꽃미남은 스포츠연예신문의 기자이시지. 질문 있어요?"

　질문 있어요? 이 감독의 말에 모두들 와, 웃음이 터졌다. 자칫 딱딱해질 미팅 분위기는 한 여름 소나기처럼 선선했다.

　"질문 있어요!"

　나는 번쩍 손을 들었다. 티를 내려는 기자 특유의 속성이 발동했는지 모른다.

"나를 꽃미남이라 했죠? 그렇담 지석란의 상대역으로 나를 캐스팅할 용의는 없으신지, 이 감독?"

"용의라고 했나요?"

이 감독은 역시 눈치가 빨랐다.

"캐스팅 용기가 나지 않는 게 유감입니다."

불문곡직, 이 감독은 거절 의사를 분명히 밝히며 나를 향해 한쪽 눈을 감았다.

"노 땡큐가 보군."

"기자이시라 역시 귀가 밝으시네요."

"됐어요, 됐어. 언감생심, 지석란에게 접근하면 안 된다는 준엄한 경고로 받아들이겠습니다―."

"아니, 계속 농담이나 할 참이야?"

성 작가가 끼어들었다.

이 감독도 그제야 딴 테이블에 앉아있는 조감독으로부터 책을 건네받아 지석란에게 디밀었다.

"'겨울여행' 시나리옵니다. 읽어본 뒤 다시 만나야겠지?"

"아뇨. 저는 이미 이 자리에 나오기 전부터 마음을 정했습니다. 감독님이 오케이 하면 무조건 거기에 따르겠다고요."

여배우의 당돌한 결심에 놀란 건 이 감독만이 아니었다. 성 작가는 물론이고 나 역시 그녀의 저의를 선뜻 헤아리지 못했다. 다른 테이블에 앉은 카메라맨이나 조감독도 표정으로 보아 적이 놀라고 있는 게 엿보였다.

"이 감독님의 '청춘 행진곡'을 보았어요. 저런 분의 연출 솜씨이라면 어떤 역할이든 몸을 불사르고 싶다는 충동이 일었어요. 괜찮으시다면 바로 이 자리에서 계약하고 싶은데요, 감독님 생각은 어떠세요?"

순간, 나는 지석란이 보통 무서운 여자가 아니라는 생각이 스쳤다. 그 당돌함이라니. 나뿐이었을까. 무섭다는 생각은 몰라도 모두들 혀를 내두를 만큼 그 영악함에 놀랐을 법하다. 어쩌면 여배우에 대한 감동 같은 것도 따랐을지 몰랐다.

더욱 놀라운 일은 그다음에 일어났다.

"그럼, 출연료는?"

이 감독이 물었다.

"한 푼도 안 받겠어요."

여배우는 너무나 당연한 것처럼 대답했다. 그리고 이렇게 덧붙였다.

"돈에 연연한 연기자가 되고 싶잖아요. 결과가 좋으면 그때 성과급으로 줄 수도 있잖을까요. 꼭 개런티를 정해 받아야 한다면 출연료 전액 기부할 거예요. 혼자 아이를 낳아 기르는 미혼모들을 위해. 나쁘지 않은 생각이죠?"

언뜻, 혼자서 장구 치고 북 치는 지석란을 흥미롭게 바라보는 이 감독의 표정이 눈에 들어왔다.

"왜 하필이면 미혼모지?"

그때까지 별반 말이 없던 성 작가가 넌지시 물었다.

하지만 그 물음에는 전혀 반응을 안 보인 채 여배우는 이 감독에게 채근한다.

"줄 거예요, 안 줄 거예요?"

"달라는 말보다 더 무섭군. 그렇다고 체면치레로 신인 대접도 할 수 없게 됐네."

이 감독은 잠시 말을 끊고 가늘게 뜬 눈으로 지석란을 지그시 눌러보며 말했다.

"졌어요. 그 고단수에 손들었다고요. 좋아요! 그렇게까지 나오는데 우리나라 여배우 최고의 개런티를 보장해야겠지. 됐어요? 그걸 원했던 거 아닌가?"

풋, 모두 웃었다. 성 작가와 나는 물론이고 옆자리에 앉아있던 카메라맨과 조감독도 즐겁게 웃어 제켰다. 그 웃음 속에는 여배우의 재치 넘친 순발력에 대한 감탄도 섞여 있었다.

출연료는 500백만 원이 책정됐다. 당시 그 액수라면 영화에 데뷔하는 신인에게는 파격적인 대우였다. 그것도 줄다리기에서 얻어진 게 아니다. 자연스럽게 감독의 마음을 움직여 받아

낸 것이다. 혀를 내두를 수밖에 없었다,

하지만 나는 성 작가의 '왜 하필이면 미혼모지?'하는 물음
을 슬쩍 건너 뛴 여배우의 얼굴을 좀처럼 머리에서 지울 수 없
다. 순간적이긴 했지만 여배우의 얼굴에 잠깐 떠오른 '아차!'
하는 표정을 읽었기 때문이다. 성 작가도 이 시점에서 그녀가
왜 미혼모를 들먹였는지, 나처럼 의문을 품긴 품지 않았을까.

그때까지도 성 작가와 나는 그녀가 아이 엄마라는 것을 까
맣게 몰랐다. 순진무구해 보이면서 어딘지 경험이 풍부해 보
인 이미지는 오직 남다른 재치, 타고난 연기력 때문이라고만
여겼다. '천생 여배우의 끼'라고만 생각했을 뿐 안으로 감춰진
'아이 엄마'에 대해 그 어떤 낌새도 눈치채지 못했다. 그만큼
여배우의 모든 것을 믿었기 때문이다.

미혼모인 걸 숨기며 배우생활을 하고 있는 그녀의 아픔을
우리가 진작 알았더라면 어떻게 되었을까? 몸도 돌보지 않고
올인 하는 그녀의 집념, 죽음의 방향타를 어느 정도는 조정할
수 있었을까?

"죽음까진 몰라도 분명 뭔가 도움은 줄 수 있었다고 봐."

성 작가가 기댄 의자에서 허리를 세우고 얼굴을 찌푸리며
말했다.

장지는 얼마를 더 가야 나올까? 여배우의 사체가 든 관과 우리 둘만을 태운 장의차는 좁은 오솔길을 달리면서 계속 춤을 추었다. 어느 정도 각오는 하고 있었지만 성 작가가 허리를 세우고 얼굴을 찌푸린 걸 보면 얼마나 덜컹거리는 장의차가 불편한지 짐작할 만하다. 이 불편한 길을 얼마를 더 가야 하는지, 장지에 닿았을 때 우리 엉덩이는 죄 물러 터지지 않을까 은근히 걱정이 앞섰다.

"적어도 우리에게만은 터놓고 얘기할 수 있었을 텐데…."

솔직히 나도 성 작가와 같은 아쉬움을 떨쳐버리지 못했다.

"우리를 그만큼 믿을 수 없기 때문이었을까?"

성 작가 답지 않은 의문이다.

"우리를 자기 방에 스스럼 없이 재운 여잔데…?"

"아무리 허물없는 사이라도 숨기고 싶은 비밀이 있기 마련이지."

"그것도 자존심이라는 겐가?"

"그럴 수도 있어. 누구나 나름의 비밀을 치부로 여길 수 있으니까."

여배우가 우리에게 털어놓지 않은 건 또 있었다. 여배우가 남긴 일기를 보면 그녀는 비밀요정과 마담뚜, 권력으로 부터의 유혹과 압력에서 전혀 자유롭지 않았음을 소상히 적어놓았다. 하지만 여배우는 그녀의 집에서 술을 마시면서 비밀요정과 마담뚜, 권력의 압력에 대해 살짝 운만 띄었을 뿐 결코 중요한 대목은 털어놓지 않았다. 역시 그건 치부를 드러내는 자존심 문제로 여겼기 때문인지 모른다. 엄마 배우라는 '약점'과 비밀요정의 '치부'에 관한 한 끝까지 숨겨두고 싶은 여배우의 물밑 고뇌. 그게 자존심인지 뭔지는 모르지만 생판 이해가 어려운 먼 나라 이야기 같지는 않았다.

"미혼모를 위해 출연료 전액을 기부하겠다고 했을 때, 그녀가 미혼모라는 걸 눈치챘어야 했어."

"기자 출신인 네가 눈치 못 챘는데 난들 무슨 수로 알 수 있느냐고."

"'아차'하는 그 순간을 보긴 했는데 그녀가 미혼모이기 때문이라고는 설마 했었어."

"눈치챘던들 지성미의 죽음을 막을 재간이 있었겠어. 계속 앞만 보고 달리는 여자에게 죽음의 그림자가 눈에 띄었겠느냐고. 애 엄마라는 게 그처럼 배우 생명에 치명타를 안겨줄 수 있는 걸까?"

"물론이지. 처음부터 애 엄마라는 걸 숨기지 않고 나왔으면 몰라. 감쪽같이 요조숙녀인 양 속인 게 탈이지, 얼마든지 시비거리가 될 수 있고, 인기는 물론 배우 생명이 곤두박질치는 건 너무도 자명해."

"영악한 지성미가 그걸 모를 리 있었을까?"

"마담뚜, 권력 등의 압력에 대서지 않고 선수를 치는 듯한 그 여배우의 행동도 애 엄마라는 게 드러나는 게 두려웠기 때문인지 몰라."

"그걸 네가 어떻게 알아?"

"여배우가 남긴 일기에 그런 대목이 군데군데 나오더라고."

"그래…!"

말은 흐렸지만 성 작가는 은근히 여배우의 용의주도함에 놀라는 표정을 숨기지 않았다.

언젠가 통성명했던 마담뚜 언니에게 점심이나 먹자고 전화를 했다. 마담뚜 언니는 의외라는 듯 댓바람에 오케이다.

뭐든 선수가 중요하다. 일을 그르친 다음에 손을 쓰는 것처럼 힘들고 어리석은 일은 없다고 생각했다.

보나마나 마담뚜는 언젠가 마수를 뻗쳐올 게 뻔하다. 스폰서가 되어줄 멋진 남자가 있다, 한 번 만나보지 않을래? 은근히 압박해올 게 분명하다. 일단 제의를 받은 뒤에 거절한다는 건 상대의 부아를 자극할 게 십중팔구다.

"요즘, 잘 풀리고 있는 것 같던데…"

마담뚜 언니는 자리에 앉자 잘 나가고 있는 내 안부부터 묻는 걸 잊지 않았다.

"운 좋게 영화에도 나가게 됐지 뭐예요. 그것도 신인치고는 파격적인 대우로 말이죠. 그게 다 언니 같은 분들의 뜨거운 응원에 힘입은 덕이죠."

순간 마담뚜의 얼굴에 흐뭇함이 스치고 지난다. 스스로 호랑이굴에 들어온 먹잇감이 귀엽다는 듯. 그 순간을 나는 놓치지 않았다.

"언니, 이번 영화출연으로 뜨게 되면 멋진 스폰서 하나 소개해줄 거죠? 인기가 뜰수록 인기 관리에 적잖은 경비가 든다는 건 언니도 잘 알고 계실 거예요. 하지만 언니. 영화 촬영이 끝나고 결과가 좋을 때까지는 옆도 돌아보지 않고 앞만 보고 뛸 거예요. 무슨 뜻인 줄 아시죠, 언니!"

"좌우지간 못 말려, 지성미 씨는."

깨물어 주고 싶도록 귀엽다는 듯 눈을 흘긴 마담뚜는

"참, 이번 영화에 데뷔하며 이름도 '지성미'라는 예명으로 바꿨더군! 예쁘고 이미지에 아주 딱 어울리는 예명 같아요."

다소 흥분된 어조로 나를 추거 세우는데 인색하지 않았다. 어떻게 보나 눈치 100단의 마담뚜답지 않은 언행이랄까. 선수의 효험이 그처럼 크리라곤 나도 미처 생각을 못했지만. 조금만 머리를 굴리면 세상을 살아가는 것도 그처럼 어려운 것만은 아닌 것 같았다.

"보았지, 성 작가! 여배우의 영악함이 어느 정도인지를. 선수를 써서 스폰서를 따돌리고 늦추는 그 재치가 얼마나 가상한가 그 말이야."

"그럼 뭘 해. 지석란는 그렇듯 쉽게 목숨을 내던져버린 걸."

성 작가는 끝내 여배우의 요절을 스스로 목숨을 포기한 것으로 보려는 눈치가 분명했다.

갑자기 장의차가 멈춰 섰다. 기다렸다는 듯 운전기사가 투덜댄다.

"나 원, 그럴 줄 알았어. 이게 어디 길이야, 돌밭이지. 빵꾸가 안 나고 견디겠느냐고!"

장의차가 멈춰선 까닭을 모르던 우리는 그제야 거친 돌밭길을 견디지 못하고 타이어가 펑크 난 것을 알았다. 거친 돌밭길이 얼마나 험악한가, 짐작하기에 충분했다. 가뜩이나 답답하고 지루했던 성 작가와 나는 차 문을 열고 얼른 밖으로 나왔다.

저만치 앞서가던 승용차에서 나온 이재호가 급히 이쪽으로 달려온다. 그리고 스페어타이어를 꺼내려는 운전기사에게 물었다.

"무슨 일이죠?"

"뻔 하잖습니까. 이 험악한 돌밭 길에서 타이어가 견뎌날 수 있겠느냐고요. 갈아 끼는데 시간 좀 걸릴 겁니다."

불맨 운전기사의 투덜거림을 들으며 서로의 얼굴을 쳐다보는 우리는 난감한 표정을 지울 수밖에 없었다. 첩첩산중이라곤 할 수 없지만 워낙 외진 야산이었다. 그렇다고 마냥 서성거릴 수 없는 우리는 각자 편안하게 쉬지 뭐, 그런 얼굴을 하고 잠시 지낼 자리를 찾아 나섰다.

나는 다시 장의차 안으로 들어가 여배우가 남긴 노트를 가지고 나왔다. 성 작가도 근처 편편한 돌에 앉는 모습이 눈에 띠었다. 이재호만이 승용차가 있는 쪽으로 가서 아이와 애 할머니를 챙기는 눈치였다.

안가의 부름을 받다

드디어 안가로부터 부름을 받았다.

그날은 인천 강화도의 현지촬영이 생각보다 일찍 끝났다. 막 집에 들어갔을 때 뜻밖의 전화가 한 통 걸려왔다.

"이게 얼마 만이지! 그동안 많이 떴더군."

전화를 받자 댓바람에 반가워하는 굵은 목소리, 잊어버릴 만하면 안부를 묻고 정중하지만 조심스럽게 초대의 참석 여부를 물어오는 사람이다.

굵은 목소리는 TV 드라마 '이브의 고백'에서 나의 존재가 알려졌을 때 전화를 걸어왔던 사람, 자기 정체를 구체적으로 밝히기 꺼려하며 다만 VIP를 모시는 사람으로만 소개했을 뿐이다.

하지만 순간 나는 'VIP를 모시는 사람'이란 그 굵은 목소리에서 예사롭지 않은 감이 잡혔다. 어딘지 모르게 권력의 냄새가 솔솔 풍겨왔기 때문이다.

예사롭지 않은 굵은 목소리는 의외로 정중했다. 권력을 앞세운 사람에게서 흔히 느낄 수 있는 그런 강압적이고 위압적인 어투가 전혀 묻어있지 않았다. 나는 경계심을 풀고 호감 어린 말을 굵은 목소리와 주고받았던 기억이 생생하게 떠올랐다.

"그동안 별일 없으셨죠?"

우선 나는 굵은 목소리를 반기는 것을 잊지 않는다. 그리고 한 번도 굵은 목소리의 초대에 응하지 못했음을 정중히 사과하는 것도 빠뜨리지 않았다.

"죄송해요. 이번에는 어떻게든 짬을 쪼개볼게요."

더 이상 꽁무니를 뺄 수 없다는 생각이 들었다. 처음 달거리 중이라는 핑계를 시작으로 적어도 서너 번, 초대의 불응에 양해를 구한 적이 있지만 굵은 목소리는 무슨 영문인지 옥타브를 높여 불쾌한 심기를 드러낸 적이 없었다. 한결같이 그럼 다음에, 다소곳이 전화를 끊곤 해온 터였다.

하지만 굵은 목소리도 별수 없이 권력 가까이에 있는 사람이라는 걸 나는 알고 있다. 동물적 본능이 언제 폭발할지 모른다는 위기의식이 슬그머니 고개를 들었다 할까.

"언제죠, 그날이?"

덮어놓고 우선 나는 날짜부터 물었다. 물론 안가에 초대되는 그날을 물은 것이다.

"모레 오후, 제가 모시러 갈 겁니다, 그래도 괜찮겠어요?"

"그날도 촬영스케줄은 잡혀있어요. 하지만 이번만은 무슨 일이 있어도 초대에 기꺼이 응할 거예요. 알았죠, 제 마음!"

"기럼, 기럼!"

불쑥 평양도 억양이 튀어나온 굵은 목소리의 표정은 안 보아도 기쁨으로 가득할 거라는 짐작이 갔다. 전화를 끊자 나는 후유, 참았던 숨을 길게 내뿜었다.

거기가 어쩌면 궁정동인가 싶다. 말만 듣던 '안가'를 들어가기 전에는 이미 날이 저문 저녁인지라 주위를 자세히는 살피지 못했다. 하지만 일단 안으로 들자 나는 직감적으로 평범한 집이 아니라는 걸 대번에 알아차렸다.

무엇보다 삼엄한 느낌이 그렇다. 정복 차림의 경찰관이나 군인의 모습은 볼 수 없지만 문을 열어주는 사람이나 집안에서 움직이는 사람들의 눈빛, 동작이 예사롭지 않았기 때문이다.

먼저 승용차에서 내린 굵은 목소리는 그들보다는 좀 지위가 높은 모양이다. 무슨 말이든 떨어지기 무섭게 복명복창한 그들의 태도가 그걸 뒷받침해준다. 비록 사복을 걸쳤지만 그들의 동작 하나하나는 군경軍警조직의 훈련된 종사자인 게 짐작되도록 절도가 넘쳤다.

하지만 굵은 목소리는 그들과는 여전히 다른 언행으로 승용차의 뒷문을 열고 내리시지요, 한다. 나 역시 잘 나가는 여배우의 품위를 잃지 않으려는 듯 자세를 꼿꼿이 세우고 우아하게 차에서 내린다.

나는 어느 방인가에 안내되었다. 현관 정문으로 들어가지 않고 옆문인 듯싶은 문으로 인도되는 게 좀 의아스럽다. 기분도 좀 상했지만 어차피 굵은 목소리의 체면을 살려주려는 발걸음이 아닌가. 별다른 내색을 안 한 채 나는 감정을 꾹 찍어 누르고 방으로 들어갔다.

방에는 나보다 먼저 온 두 여자가 한쪽에 다소곳이 앉아있다. 얼른 굵은 목소리가 이 분은 요즘 한참 뜨고 있는 여배우 지성미 양이라고 나를 두 여자에게 소개한다. 그리고 두 여자를 내게 소개하려 하자 나는 대뜸 앞질러 알아요, 저 분, 우리나라 대통령께서 좋아한다는 인기 여가수 온은미 씨 아니세요! 그 옆 예쁜 분은 잘 모르지만, 하고 아는 척 했다.

대통령이라는 말에 굵은 목소리가 무척 당황하는 표정이다. 나를 향해 안타까울 정도로 눈을 깜박거리는 모습이 왜 그리 우스꽝스러운지 모르겠다.

그때 어떤 사람이 급한 발걸음으로 방에 들어 닥친다. 굵은 목소리의 귀에 대고 뭔가 전하자 그는 망설임 없이 빠른 걸음으로 방에서 뛰쳐나갔다.

순간 묘한 정적이 방안에 흐른다. 도무지 그런 분위기에 길들어있지 않은 나는 수다라도 떨고 싶은 생각에 뭔가 지껄이려고 하는데 굵은 목소리가 헐레벌떡 다시 뛰어 들어온다.

"오늘은 그냥 돌아들 가야겠네요. VIP께서 급한 용무로 나오실 수 없다는 전갈이 왔습니다."

그렇게 나는 마치 비상 상태 같은 분위기를 등 뒤에 두고 안가를 벗어났다. 그리고 그 뒤 두 번 다시 안가에 간 적은 없었다. 전혀 부름을 안 받은 건 아니지만 공교롭게도 가던 날이 장날이라 부름이 있던 날 번번이 촬영스케줄이 잡힌 때문이다. 굵은 목소리의 남다른 배려도 크게 작용한 건 말하나 마나다. 위기에 관한 한 나는 생쥐처럼 잘 모면해온 셈이다.

그날 안가의 연회가 갑자기 취소된 까닭은 나중에야 알았다. 미국으로 망명한 전 중앙정보부장 김형욱이 뉴욕타

임스에 VIP정부의 비리를 폭로한 기사가 나왔기 때문인 것 같다. 얼마나 충격파가 드셌으면 연회를 물렀을까…. 쌤통이지 뭐야.

여배우의 일기장에서 눈을 뗀 나는 절로 웃음이 나왔다. 안가에 불려가면서도 조금도 자존심이 상한다거나 하는 갈등 없이 그저 담담히 당시 상황을 기술한 심성이 천진난만한 어린애 같다고 생각했기 때문이다.

나는 힐끗, 건너편 바위에 돌부처처럼 앉아있는 성 작가를 쳐다봤다. 성 작가가 왜 지성미에 대해 그처럼 깊은 마음으로 도왔는지를 새삼 알 것 같았다. 지키기 어려운 애 엄마 배우로서의 비밀, 비밀요정과 마담뚜의 집요한 공세 속에서도 흐트러짐 없이 견딜 수 있었던 건 바로 여배우의 밝은 성정 때문이 아니었을까.

그 사이 펑크 난 장의차 타이어가 교체된 듯 엔진소리가 요란하게 울려온다. 여기저기 쉬고 있던 일행들도 엔진소리를 신호로 하나둘 일어나 타고 온 차 안으로 기어들었다. 성 작가와 나도 말없이 다시 장의차에 올라탔다.

여전히 성 작가는 말이 없었다.

"아직도 돌부처에서 깨어나지 않은 거야?"

성 작가는 힐끗 나를 쳐다볼 뿐 계속 묵비권이다.

"지성미가 드디어 궁정동 안가에 불려간 대목을 읽었는데 궁금하지 않아?"

"안가에?"

비로소 성 작가의 귀가 뚫렸을까. 숨 가쁘게 물어왔다.

"그래서, 지성미가 그들의 놀잇감이 됐다는 거야, 뭐야?"

"어떻게 됐을 것 같아…."

"말 끌지 말고, 어떻게 된 거냐고?"

성 작가의 흥분이 보통을 넘었다.

"맞혀 보라니까."

"계속 장난 칠 거야!"

성 작가의 씩씩대는 폼이 곧 주먹이라도 날릴 기세였다. 슬그머니 나는 그날 밤, 안가에서 있었던 상황을 대충 들려줬다.

"하늘이 도왔군. 죽일 놈들!"

성 작가의 반응은 그 뿐이었다. 하지만 그의 입술엔 조소 같은 게 번뜩였다. 보나마나 그는 독재자의 말로를 음미하고 있을 게 분명하다.

장의차는 거의 장지에 다다른 듯했다. 숨 막히듯 칙칙한 숲속이 차츰 밝아진 듯싶더니 갑자기 앞이 확 트인다. 한 눈에 잘 다듬어진 묘소인 것을 알아볼 수 있다.

하지만 작업을 하고 있어야 할 인부가 전혀 눈에 띄지 않는다. 오직 한 사람만이 의아해하는 이재호에게 다가가 뒤통수를 긁적이며 그 이유를 설명했다.

"인부들이 죄 박정희 대통령 장례식을 구경한다고 나갔지 뭡니까. 하지만 서너 시쯤 돌아온다는 약조를 했으니 틀림없이 돌아들 올 겁니다요."

난감했지만 할 수 없는 일이었다. 이재호는 딸애와 할머니를 미리 쳐놓은 차일 안으로 가서 쉬게 한 다음 성 작가와 내가 있는 데로 다가왔다. 그리고 조금 전 관리자인 듯한 사람이 한 얘기를 막 전하려는데 성 작가가 먼저 입을 열었다.

"미안해할 것 없어요. 그 바람에 피로해진 머리도 식힐 겸 편안하게 쉬게 돼서 다행이지 뭐."

말을 마치기 바쁘게 성 작가는 언덕 쪽으로 성큼성큼 걸어갔다.

뒤미처 나도 그 뒤를 따랐다. 어제 밤에 마신 술의 여독과 터덜대던 장의차에 시달린 심신을 잠시나마 쉬고 싶은 마음이 굴뚝같았지만 그렇다고 편히 쉬어질 것 같지 않았다. 오히려 귀찮아하는 성 작가를 붙들고 뭔가 지껄이는 게 훨씬 지루한 시간을 축내기 좋을 듯싶었다.

"오, 강이 흐르고 있네!"

언덕에 오르자 나는 절로 탄성이 나왔다. 언덕 아래로 탁 트인 곳에 유유히 강이 흐르고 있었다.

"임진강인 것 같아. 저 넘어가 이북 땅이지, 어쩌면….."

성 작가가 시원해진 얼굴로 말을 받았다.

"이재호라는 사람, 보통내기가 아냐."

"탁 트인 강 앞에서 뚱딴지 같이 이재호 얘기는 왜 나와."

"용의주도 하다는 뜻이지."

"그라고 별 수 있어. 재벌의 피가 흐르는데."

"내 말의 저의는 그게 아니고 그 역시 여배우 못지 않은 비밀주의자라는 거야."

"왜 또 비약하는 거지!"

"아냐. 이재호는 철저한 비밀주의자인 게 틀림없어. 할아버지가 몰라라 하는 생모를 몰래 저렇듯 모셔놓은 것부터가 그래. 유학에서 돌아와 사랑하는 여자를 찾았는데도, 그녀와의 사이를 자기 회사의 모델로만 관계를 유지해왔다는 게 그 중 거야."

"뭘 또 얘기하고 싶은 건데?"

"처음은 이재호가 다시 시작하자고 적극 매달린 것 같아."

"근데?"

"지성미가 고개를 흔든 거지. 당분간이라는 걸 전제하고 말이야."

"그럼 됐지, 또 무슨 설명이 필요해. 당시 지성미의 입장에서는 충분히 그럴 수 있었으리라고 봐."

"애 엄마라는 게 들통날까 봐?"

"그런 까닭도 없진 않겠지. 하지만 지성미는 그때 한창 스타덤을 구축 중이었지 않았나."

"이재호와의 관계를 한때의 스타덤과 견줄 수 있을까? 더구나 이재호는 큰 재벌회사를 물려받을 유일한 상속자인데?"

"…"

성 작가의 긴 침묵이 흐른다. 왜 갑자기 그가 입을 다문 건지는 알 수 없다. 그의 성정 상, 여배우의 입장을 깊이 헤아리려는 게 틀림없는 듯싶지만.

"재벌 후계자라는 게 지성미에게 오히려 부담을 준 건 아닐까."

한참 만에야 성 작가는 혼잣말처럼 뇌까린다.

"스타로서의 자존심 때문?"

침묵이 지루하던 나는 기다렸다는 듯 맞장구 쳤다.

"아니, 인간으로서의 자존심 같은 거겠지."

"상대가 애 아빤데도?"

"순순한 사랑이 훼손되는 게 죽어라고 싫었겠지. 적어도 깔끔한 지성미의 성격으로 선."

"꿈보다 해몽이 더 좋군."

"넌 맨날 매니저로 옆에 붙어 다녔으면서 여자의 마음을 그렇게도 헤아리지 못하냐. 기자적 후각이 아닌, 인간적 측면에서 인생을 살펴보면 어디가 덧난 거냐고."

그때 이재호가 올라왔다. 그 역시 흐르는 강을 무심히 내려다보면서 말했다.

"어머니는 강을 낀 마을에서 태어나고 자랐대나 봐요."

왜 그가 어머니를 임진강이 흐르는 이곳 야산 숲속에 모셨는지, 그 이유를 우리는 더 긴 설명을 듣지 않아도 알 것 같았다.

가깝고도 먼 미로

"내려들 가시죠. 아무래도 먼저 요기를 해야 될 것 같아요."

강을 내려다보고 있던 이재호가 그제야 생각난 듯 자리를 털며 일어섰다.

시계를 보니 겨우 11시가 조금 넘었다. 하지만 뱃속은 출출했다. 간밤에 술을 마신데다 새벽, 득달같이 장례식장을 빠져나오는 바람에 해장은커녕 물 한 모금 제대로 못 마셨다. 갑자기 시장기가 확 몰려온다.

우리가 차일 안으로 들어가니 딸애와 할머니는 어느새 식사 중이었다. 우리를 본 할머니가 자리에서 일어나려 하자 성낙성 작가는 얼른 손사래를 치며 괜찮으니 개념 마시고 어서 드시라며 애써 할머니를 주저 앉혔다. 꼬맹이는 워낙 배가 고

팠던 건지 어른들의 움직임 같은 데는 관심 밖이라는 듯 연신 숟가락질이 바빠 보였다.

아낙네들 몇몇이 음식을 나르는 모습이 눈에 띈다. 한참 작업을 하고 있어야 할 남정네들은 코빼기도 안 보였다. 고 박정희 대통령의 마지막을 보겠다고 죄 몰려간 탓이라지 않은가. 그들이 약속한 대로 오후 느지막이 돌아와 작업을 해도 해가 지기 전 일을 마무리하기는 싹수가 노랗다는 생각이 들었다.

육개장에 밥을 말아 허기진 배를 후닥닥 채운 나는 성 작가에게도 별다른 눈짓 없이 슬그머니 차일 밖으로 나왔다. 솔밭의 큰 나무그늘을 찾아 자리를 잡고, 아직 못다 읽은 여배우가 남긴 문장을 펼쳤다.

그날은 마침 촬영스케줄이 비어있었다. 실컷 잠이나 자 둘까 싶어 꿈속에 빠져있는데 엄마가 마구 흔들어대는 바람에 부스스 눈을 떴다.

"왜? 어지간하면 전화 받지 말라고 안 그랬어, 엄마?"

"이재호라는데-."

"이재호?!"

순간, 의문과 감탄이 뒤섞인 감정이 폐부를 찔러온다. 실로 얼마 만에 들어본 이름인가.

"아, 전화 안 받아?"

엄마가 바짝 눈앞에 전화기를 디밀며 성화다. 하지만 나는 엄마가 디민 전화기를 못 받고 멀뚱거린다. 갑자기 모든 게 정지해버린 듯 아무 생각이 없어서다. 방금 엄마가 띄운 '이재호'라는 이름만은 계속 입 안에 빙글빙글 돈다 .

"아니, 뭐해? 전회 끊어?"

그제야 나는 엄마의 손에서 빼앗다시피 전화기를 건네받는다. 하지만 나도 모르게 "네에, 전화 바꿨습니다"하며 목소리를 애써 길게 끌며 착 가라앉힌다.

"이재호야. 아주 유명해졌더군. 무척 망설였지만 전화를 걸지 않고 견딜 수가 없었어."

"….."

나는 선뜻 입을 열지 못한다.

"받고 싶지 않은 거야, 내 전화? 끊을까?"

"아냐. 끊지 마."

황급히 말은 그렇게 했지만 나는 여전이 벙어리가 된 듯 쉽게 입을 열지 못한다. 무슨 말부터 해야 할지 도통 갈피를 잡기 힘들었다.

"부담 가질 필욘 없어. 소식이나 전하고 싶었을 뿐이니까. 하지만 옛날을 생각해서도 우리, 얼굴은 한 번 봐야 하지 않을까."

'당연히. 아이 아빠이니까!'

"내가 다시 연락할까, 아님 연락을 주든가….."

"내가 연락하는 게 나을 것 같아. 아무 때나 연락해도 괜찮아?"

"할아버지가 주재하는 임원회의가 없는 한."

"임원회의? 연락처 불러줘요."

그것으로 이재호와의 전화는 끊겼다.

착잡하다. 이재호의 얼굴 위로 자꾸만 딸애의 모습이 어른댄다. 하지만 나는 곧 단호히 고개를 젓는다. 죽었다 깨어나는 한이 있어도 우리 사이에 딸애가 있다는 사실은 밝히고 싶지 않았다.

왠 고집인지 모르겠다. 미국유학 중인 이재호와 나는 사흘이 멀다시피 국제전화를 주고받았다. 전화뿐이랴. 편지도 억세게 많이 주고받았다. 하루도 그의 목소리, 그의 체취가 물씬 풍기는 편지를 읽지 않고는 잠자리가 편치 않았을 정도였다.

그런 이재호를 왜 나는 하루아침에 무 자르듯 싹둑 잘라냈을까? 물론 그때나 지금, 그 까닭을 한마디로 얘기할 수는 없다. 아이를 가진 게 확인되는 순간, 나도 모르게 막연하나마 '얽히고 싶지 않다'는 거부감이 용수철처럼 튕겨졌기 때문이랄까. 벌써 여러 해가 지나갔지만 그 용수철은 계속 나를 지배하고 있는 모양이다. 어렸을 적부터의 똥고집,

부모님도 어쩌지 못한 고놈의 성질머리가….

그날도 오전 중에 촬영이 있었을 뿐 오후는 스케줄이 비어 있었다. 집에 돌아오자 퍼뜩 이재호의 얼굴이 떠오른다. 결코 잊을 순 없는 사람인 건 분명하다. 게다가 딸애의 아빠이지 않은가. 그동안 까마득히 이재호를 잊고 살아온 시간이 불과 6년여. 근데 무척 많은 세월이 지나버린 느낌이 드는 건 무엇 때문일까. 물불 안 가리고 뭉쳐 다닌 지난날이 슬그머니 그리워진다. 어느새 나는 이재호가 불러준 번호로 전화를 걸고 있었다.

"비서실입니다."

금방 앳되고 친절한 여자 목소리가 송수화기를 타고 귀를 간지럽힌다.

"거기, 이재호 씨 좀 바꿔주시겠어요."

"아, 네, 이사님 말씀이군요. 누구시라고 전할까요?"

잠시 나는 망설인다. 지성미라고 이름을 대면 금방 내 정체가 들통 날 게 뻔하다. 그래서 지금은 거의 잊어버리다 싶은 본명 지석란을 얼른 입에 올렸다.

"나야!"

잠시 후 기다렸다는 듯 반기는 이재호의 목소리. 뒤이어 그는 만나는 방법부터 빠르게 제의해왔다.

"전화 해줘서 고마워. 어떻게 할까? 차를 보내줘? 아무래도 남의 시선을 의식 안 할 수 없는 몸이잖아. 모든 게 조심스러워서 그래."

우선 나는 내가 인기배우임을 깊이 배려한 그의 성의에 감동한다. 어느새 그처럼 어른스러워진 걸까. 어렸을 적 어머니와 생이별케 한 할아버지를 원망하던 감상적이고 유약한 티는 그의 목소리 어디에도 찾아볼 수 없다는데 적이 놀란다.

우리는 다 저녁때 만났다. 6년만 일까, 7년만 일까. 유학을 떠나는 바람에 그와 떨어져 지낸 건 7년 전인 것 같고 전화, 편지마저 싹둑 잘라버린 건 6년 전인 듯싶다. 그동안 얼마나 변했을까? 그의 성정은 전화에서 느낀 침착함으로 보아 의젓했을 테고, 그 모습도 역시 어른스러워졌을 게 불을 보듯 뻔했다. 틀림없이.

이재호는 나보다 더 용의주도한 듯하다. 몰래 승용차를 보내주는 것으로 그치지 않고 만나는 장소도 남의 눈에 전혀 노출될 리 없는 교외 별장으로 정해놓은 게 그렇다. 공공장소가 아닌, 서울 교외의 어느 한적한 별장이라는 걸 안 나는 또 한 번 그의 침착함에 혀를 내두른다.

이재호는 과거, 왜 갑자기 내가 전화와 편지를 끊어버리고 돌아섰는지에 대해선 한마디도 물으려 들지 않았다.

어떻게든 나를 편하게 해주려는 것 같다. 될 수 있는 한 부담을 갖게 하지 않으려는 듯 괜히 부산하다. 외려 그의 조심성 때문에 내가 더 불편하다.

"왜 그리 허리띠를 바짝 조이는 거지?"

견디다 못한 나는 쏘아붙인다.

"그렇게 보여? 난 지금 무척 편한데. 흐뭇하기도 하고."

"아냐, 무척 긴장해 있는 것 같아."

"아니라니까!"

말은 그리 했지만 생각보다 정중한 자신의 반응이 쑥스러웠던지 그는 피식, 멋쩍은 웃음을 날린다.

정말 편안하고 부담 없는 한나절을 이재호와 함께 지내고 돌아왔다. 끝까지 서로 쑥스럽고 난처한 얘기를 꺼내지 않은 채 말이다. 한편으로 고마운 생각도 들었다.

헤어지면서 이재호는 힘주어 이렇게 말하기를 잊지 않았다. 나의 연기생활을 존중하겠다고. 무슨 뜻일까, 얼핏 헷갈리긴 했지만 당장 보챌 것 같지 않은 생각에 마음이 놓인다.

집에 돌아온 나는 곰곰이 생각한다. 이재호라는 존재에 대해. 그와의 고리를 진짜 완전히 끊으려는 거냐? 내게 묻는다. 하지만 나는 선뜻 'YES!'라고 못한다. 딸애 아빠가 아닌가, 강력한 저항이 마음 한구석에 똬리를 틀고 있다.

아니다. 그는 아직도 나를 못 잊어 한다. 사랑하는 마음이 조금도 변하지 않은 게 그 정중함에 묻어 있다. 비록 예의 있게 나를 대하는 것 같지만 속은 딴판이라는 게 그의 얼굴에 언뜻언뜻 나타났다. 다만 내 마음이 돌아서기를 기다릴 뿐인 게 분명하다.

나도 마찬가지다. 겉으론 냉정한 척해도 마음은 그렇지 못하다. 딸애 아빠이기 때문만은 아니다. 진짜 사랑했다. 아직도 그 마음은 변함이 없다. 근데 뭘 망설이는 거냐? 다시 나는 자문한다.

아, 몰라. 나도 그 이유를 모른단 말이야. 울컥, 답답함에 울음이 터지려는 것을 가까스로 참고 나는 얼른 수면제를 입에 털어 넣고 억지로 잠을 청한다.

이재호의 말 없는 배려에 나는 또 한 번 놀란다.

어느 날, 낯선 사람으로부터 전화 한 통을 받는다.

"여기, 건설회사 홍보팀입니다. 여배우 지성미 씨인가요?"

"네, 맞아요. 근데 무슨 일이죠?"

"자세한 건 만나 뵙고 말씀 드리겠습니다만, 저희가 짓고 있는 아파트 홍보모델로 모시고 싶어섭니다."

"아, 네. 싫지 않은 제안이군요. 모델료는 많이 주겠죠.

제 인기에 걸맞게."

"물론입니다. 응낙만 해주신다면 파격적인 대우를 하라는 윗분의 지시입니다. 그만한 가치가 충분하다고요."

"윗분의 지시?"

잠시 후 짚이는 게 있어 나는 다시 묻는다.

"그 윗분, 혹 이재호 이사인가요?"

"저희 그룹의 의욕 넘치는 젊은 이사님을 아시는군요. 공격적인 마케팅으로 업계에 소문이 자자하니까요."

"생각할 시간을 주세요."

거절할 수 없는 광고 섭외가 분명하지만 나는 일단 대답을 미룬다. 어찌 됐든 이재호라는 윗분의 지시라는 게 좀 께름칙하다. 본의 아니게 엮여 주위의 오해를 불러들일 가능성이 있다는 염려스러움 때문이다.

냉정을 되찾은 나는 이재호에게 전화를 걸었다.

"왜죠? 낚시 밥인가요?"

비서실을 통해 연결된 전화에 대고 나는 다짜고짜 이재호에게 신경질을 부린다.

"엮이고 싶지 않단 말예욧!"

"오해야. 딴 뜻은 없어, 추호도. 여배우 지성미의 광고 효과가 그만큼 우리 상품에 충분한 가치가 있다고 판단해서야. 오버 안 했으면 좋겠어."

그 말만 한 이재호는 그만 전화를 끊어버린다. 어느 사이, 냉정한 기업인이 다 된 듯한 말투와 태도에 나는 한동안 불쾌감으로 몸 둘 바를 모른다. 다행히 옆에 아무도 없기 망정이지 그렇잖음 듣기 거북한 욕설을 쏟아 냈거나 뭔가 잡히는 대로 마구 집어던졌을 게 십중팔구였다.

시간이란 게 참 묘하다. 얼마간 시간이 지나가자 씩씩대던 성질머리는 슬그머니 꼬리를 감추고 오기 같은 게 부아를 돋운다. '그래? 뭣 땜에 남의 눈치를 봐.' 홧김에 서방질 한다는 속담을 떠올리며 나는 결심한다. 아까 섭외 온 그 아파트 광고에 못 나갈 이유가 없다고.

여배우들이 가장 하고 싶은 광고는 화장품 광고다. 모델료가 만만찮은 데다 이미지 관리에 그처럼 좋은 홍보효과가 없기 때문이다. 그래서 신인 여배우들 간에 별별 치사스런 경쟁을 벌인다는 소문도 자자하다.

그런 뜻에서 나는 행운아인지 싶다. 뜨자 곧 화장품 회사에서 입질이 왔고 신인인데도 좋은 조건으로 계약했을 뿐더러 별다른 일 없이 계약 연장을 이어오고 있다. 이것저것 잡다한 광고를 일절 외면해 온 게 화장품 회사의 신뢰를 얻는데 한몫 단단히 한 것 같다. 계약갱신 때마다 별 말이 없어도 계약금을 기대 이상으로 듬뿍 올려준 걸 보면.

만일 아파트 광고를 파격적인 계약조건으로 하게 되면

생활의 여유도 그만큼 생기게 될 것이다. 당장 옥계 이모에게 맡겨둔 딸애부터 데려올 궁리에 나는 갑자기 마음이 들뜬다.

사실 강원도 옥계 이모에게 맡겨둔 딸애를 서울로 데리고 오고 싶어도 그게 마음 같지 않았다. 이유는 두 가지. 그 하나는 말하나 마나 자칫 '아이 엄마'라는 게 들통 날까 겁나서고, 또 하나는 경제문제다. 딸애를 집으로 데려올 수 없으니 딴 거처를 마련해줘야 하고, 달랑 어린 딸 아이만을 혼자 둘 수 없으니 딸린 보호자를 붙여줘야 한다.

자가용도 굴리지 않고 로드 매니저도 없이 어머니와 함께 불편하지만 여태껏 택시를 이용해온 것도 다 그 때문이다. 한 푼이라도 경비를 줄이기 위한 것. 그 덕에 저축도 꽤 늘었지만 이번 아파트 광고로 딸애를 데려올 수 있는 좀 더 구체적 계획을 미리 해둬야 될 성싶다.

기분이 날아갈 듯하다. 딸 아이의 모습이 눈앞에 어른거린다. 아가야, 엄마는 자나 깨나 늘 네 생각뿐이란다. 슬그머니 딸애의 얼굴 위로 이재호가 서성대고 있다….

신인 여배우의 자살

장지 안은 여전히 적막하다. 따가운 뙤약볕과 높아진 숨소리만이 적막한 장지를 어루만지고 있다.

나는 흘깃 성낙성 작가 쪽을 건너다본다. 소나무에 기댄 채 고개를 한쪽으로 떨구고 있는 걸 보면 그는 필시 깊은 잠에 빠져있음이 분명하다. 여배우를 유별나게 아끼던 성 작가도 그녀가 죽은 후 지금까지 제대로 눈을 붙일 새가 없었다. 그 점에 있어선 나도 별수 없었다. 외부의 시선들, 특히 기자들이 냄새를 맡을까 전전긍긍한 나머지 신경을 바늘처럼 바짝 세우고 있지 않았던가.

긴장이라는 게 그런 건지 모른다. 잔뜩 옷깃을 세운 탓에 잠시 잠깐 졸음이 있었을 뿐 성 작가처럼 고개를 한쪽으로 떨굴

만큼 잠의 유혹은 받지 않았다. 절체절명의 죽음 앞에 자살은 꿈도 꿀 수 없는 이치와 비슷한 현상이랄까.

시계를 보니 오후 3시가 조금 넘고 있다. 고 박정희 대통령의 장례식 행사가 끝나도 벌써 끝났을 법하지만 지금껏 인부들이 코빼기도 안 보인 건 돌아오는 시간이 그만큼 걸린 탓이리라.

긴장 여파인지 내 머리는 여전히 멀뚱멀뚱하다. 무료를 무념으로 달래기 지겨운 나는 여배우 지성미가 남긴 노트를 다시 펼쳐 들었다.

어느 신인 여배우가 느닷없이 자살했다.

나도 잘 아는 후배. 아니, 내가 무척 아끼는 신인이었다. TV 드라마에서 처음 그녀와 같이 출연한 나는, 첫 출연했을 때의 나를 본 듯싶은 깜직한 연기에 감동한 나머지 영화에까지 끌어들인 유망주 아닌가.

그 소식에 접하자 나는 곧 슬픔에 잠긴다. 아니, 서글픔과 분노에 몸 둘 바를 모른다. 연산군이 되살아난 것도 아니고 어찌 그런 일이… 겉으로 쉬쉬는 하지만 입과 입으로 번진 해괴망측한 죽음의 동기는 나로 하여금 한동안 실어증에 시달리게 만들기도 했다.

언젠가 그 후배가 했던 푸념이 생각난다.

강원도 경포해수욕장에서 같이 출연한 영화 현지로케를 갔을 때던가. 잠시 촬영이 없는 시간, 파라솔 밑에서 망망대해를 바라보던 후배가 느닷없이

"인기라는 게 뭘까요? 조금도 도움이 안 되는 그 인기라는 걸 위해 계속 고군분투해야 하나요, 선배님?"

하고 땅이 꺼질 듯 깊은 한숨을 몰아쉬었다.

"왜, 선망했던 것과 현실은 달라도 너무 달라?"

순간 나는 후배의 아픔이 뭔가를 눈치챈다. 하지만 정면으로 접근하지 않고 다소 추상적으로 가볍게, 좀은 장난스럽게 다가간다.

"돈이 넘 필요해요. 인기 유지비가 그토록 세게 들 줄 정말 몰랐어요."

"분수에 맞게 쓰면 되지 않을까."

"분수? 어떻게 처신하는 게 분수죠, 선배님?"

"처음부터 너무 크게 잡지 말라는 얘기지. 꿈과 계획을 내 형편과 취향에 알맞게 맞춰간다는 그런 뜻이야."

"너무 어려워요…."

그 말끝에 후배는 그만 입을 다물어버리고 깊은 한숨과 함께 망망대해에 망연히 시선을 보내고 있다.

나는 여기서 후배의 고민을 모른 척 슬쩍 넘기고 싶지 않다. 좀 더 솔직한 대답을 듣기 위해 넌지시 후배의 심기를

건드려본다.

"왜, 인기가 오르면 여기저기 찾는 사람이 많을 텐데? 거기엔 도움을 주겠다는 손길도 있고?"

"화류계 쪽 유혹 말인가요?"

"화류계 쪽 유혹?"

"뻔하죠, 뭐. 마담뚜의 스폰서 제안, 아니면 비밀요정 마담언니들의 스카웃 경쟁 같은 거. 그건 선배님이 더 잘 아실 텐데요."

빈정거림이 다분한 후배의 말투에서 나는 더 이상 참을 수 없는 뭔가를 느낀다. 한참을 침묵한 끝에 나는 입을 열었다.

"그래요, 나도 그런 제안, 유혹을 받고 적절히 타협하며 지내고 있는 셈이지. 일종의 공유라고 할까. 사실 백 프로 외면하기는 힘든 현실이야. 재력, 권력을 정면으로 거부하곤 인기를 향유하고 살 수 없다는 얘기지. 그렇다고 비굴한 타협을 하자는 건 아니야. 적당히 응해주면서 나를 유지해보자는 노력이라면 어떨까. 그러기 위해선 지혜라는 게 필요하다군. 쉽게 말해서 잔머리를 좀 굴려보는 거야. 나, 얼마 전에 안가에도 불려간 일이 있었어. 때마침 그날, 무슨 급박한 일이 터지는 바람에 안가 파티가 취소되어 별일 없이 치욕을 벗어났지만. 마담뚜하고도 허심탄회하게 연락하고 만나고 있어요. 덕분에 아직 나에게 스폰서를 강요하거나 힘겨운 줄다리기는 벌어지지 않은 셈이지. 어려운 때야. 어떻게든 현명하고 재치 있게, 또 긍정적으로 대처해 나가 봐, 이 예쁜 후배야!"

솔직하고 스스럼없는 내 얘기가 어느 정도 통했을까. 후배는 밝은 얼굴로 내 손을 덥석 잡으며 말했다.

"언니야, 고마워요. 새삼 용기가 나요!"

후배는 주저 없이 '선배님'이란 호칭 대신 '언니'라는 호칭으로 한층 가까이 다가옴을 느낄 수 있었다.

그런 후배가 자살을 하다니, 현명하게 가시밭길을 헤쳐 가나 싶었는데 왜 그처럼 갑자기 목숨을 버려야 했을까? 안타까움과 함께 의문도 좀처럼 머리에서 떠나지 않는다.

그런데….

"지성미가 남긴 기록이 그렇게 재밌어? 홀랑 혼을 빼 갈 만큼."

성 작가가 어느새 옆에 와 있다. 나는 얼른 읽고 있던 여배우의 일기를 덮었다. 무료해서 읽었을 뿐이지만 이어지는 의문은 기자 출신인 나도 떠돈 소문으로 익히 알고 있는 후문 중의 하나였다.

"폭군 연산군의 망령이 되살아난 건 걸까?"

무심코 나도 모르게 중얼거렸다.

"뚱딴지 같이, 연산군의 망령이 되살아나다니?"

"여색에 미쳐 날 뛰던 연산군과 그 칠공자란 부류가 하나도 다를 게 없다는 얘기야."

"자다 봉창 뜯지 말고 좀 알아듣게 말해봐."

"호젓한 공간에서 실오라기 하나 걸치지 않은 여승으로 하여금 콩을 줍게 했다는 연산군의 여색 행각을 들어본 적 있나?"

"그건 어디까지나 야화일 뿐이지."

"이것도 마찬가지야. 확인되지 않고 뒷골목으로 숨어버렸으니 떠돈 소문일 뿐이긴 해."

그제야 나는 성 작가에게 당시 신인 여배우의 자살 사건에 얽힌 뒷소문을 알아듣게 들려줘야겠다고 생각했다.

그러니까 당시 신인 여배우의 자살은 어디까지나 겉으론 비관자살로 처리되었다. 하지만 떠돌아다니는 뒷얘기는 달랐다. 재미에 겨워 제멋대로 만들어진 얘기라고 웃어 넘기기에는 당시의 풍토가 그러지 못했다. 그 신인 여배우가 이른바 칠공자라 일컫는 재벌 2세들의 여색 행각으로 빚어진 희생물로 회자되기에 충분했다.

당시 연예가에 칠공자의 악명은 자못 드높았다. 그들은 특

히 여배우들 헌팅에 남다른 취양을 가진 재계, 학원계, 언론계
등 일곱 명의 2세들로 알려졌다. 처음은 마담뚜라 불리는 매파
를 통해 접촉하지만 한 번 사이를 튼 다음부터는 별로 주변의
시선 같은 건 개의치 않고 만나고 즐기는 것 같았다. 그 중 몇
몇 칠공자들은 결혼에까지 발전, 단순한 스캔들이 아닌 로맨
스로 해피엔딩 되기도 했지만.

"칠공자 중에는 사이코패스도 있었던 모양이야. 바로 그 사
이코패스 재벌 2세란 자의 하는 짓거리가 연산군은 저리 가라
였던 것 같아. 호젓한 방에서 적당히 즐기는 것으로 끝나지 않
고 제 딴은 좀 더 색다르게 놀고 싶었던 걸까. 그 신인 여배우
를 홀랑 벗기곤 무슨 짓을 했는지 아나. 틀어놓은 선풍기 바
람에 돈 뭉텅이를 흩뿌리고 그걸 밤 줍듯 줍게 했다는 거 아닌
가. 가히 '연산군과'의 엽기적 행각이 아니고 뭐냐고!"

"…."

그러나 성 작가는 이렇다 할 반응을 전혀 보이지 않는다. 그
렇다고 심각한 표정을 짓고 있는 것도 아니다. 한마디로 별반
흥미가 없는 듯 심드렁한 얼굴이다.

"이봐, 성 작가! 그 얘기를 듣고도 느끼는 게 없어?"

무 뽑다 들킨 무안함 때문일까. 버럭, 나는 역정을 냈다.

"흥분해서 해결될 일이야. 다 시대를 잘못 타고난 탓이지.

그 신인 여배우는 지성미가 영화에 끌어들였지, 아마. 나도 그 때 대충 소문은 들어 알고는 있었어. 문제는 아끼는 후배가 그런 모멸감 때문에 자살을 했는데도 지성미는 전혀 내색을 안한 점이야. 힘없는 자가 아무리 분노하고 항변해도 시대가, 냉엄한 현실은 바위에 계란 던지기나 다름없다는 체념이랄까. 아니 그건 무서운 침묵일 수도 있어."

"지성미는 외려 그 아끼는 후배의 지나친 기대와 성급함을 몹시 아쉬워하는 것 같았어. 그리고 현실과 적당히 타협하며 서서히 적응해 가라고 충고한 것을 두고 괴로워하는 심정을 기록에 남겼더군. '현실 타협'을 그 후배가 몰이해하게 만든 원인을 자신이 제공했다는 죄책감 때문에 촬영장에 가서도 NG를 낸 게 한두 번이 아니었다고 적고 있었다고."

"참으로 냉정한 여자야, 지성미라는 여배우—."

"지독할 만큼. 당시 지성미는 그 신인 여배우의 자살 건에 대해 우리에게 입도 뻥긋한 일이 없었던 걸 보면."

"어떤 뜻에서 지성미의 죽음도 그 무서운 집념의 희생일 수도 있어."

"암세포가 퍼져가는 것도 모르고 앞만 보고 뛴 멍청이 바보지 뭐."

"우리 모두가 다 그래. 시대를 잘못 타고난 거야."

"나는 그 프레임에서 좀 빼줘."

"웃기고 있네. 비밀요정 마담을 취재했다가 회사로부터 권고휴직을 당한 거, 벌써 잊어버렸나."

"…."

말 대신 나는 허허 웃었다. 웃고 나니 왠지 허탈한 기분이 스며든다. 앞만 보고 달려온 건 지성미 한 사람뿐이 아니다. 성 작가도, 나도 뭣에 씌워서인지 지성미와 함께 여기까지 달려온 거 아닌가.

성 작가도 비슷한 감정을 느낀 걸까. 갑자기 입을 다문 채 먼 곳에 시선을 보내고 있다. 마치 지난날을 되돌아본 듯.

그때다. 주위가 어수선하다. 언뜻 차일이 쳐진 쪽을 바라보니 이제야 들이닥친 인부들이 웅성웅성 떠들고 있다. 아마도 고 박정희 대통령의 장례 행렬을 보고 온 얘기를 늘어놓고 있으리라. 성 작가와 나도 부스스 일어나 그쪽으로 걸어갔다.

딸 아이를 데려오자

인부들이 나타나자 적막하기 그지없던 장지는 활기를 띠었다.

하지만 우리에게는 할 일이 없었다. 이재호만이 인부들과 함께 작업 과정을 지켜볼 뿐 나와 성 작가, 딸애와 할머니는 차일 안 그늘에서 작업이 끝나기를 기다릴 뿐이었다.

이제 할머니, 지성미의 어머니는 훌쩍이지 않았다. 하지만 손수건을 꼭 쥔 채 턱을 고이고 차일 밖에 나가 놀고 있는 외손녀를 지켜보는 그녀의 눈은 여전히 촉촉하게 젖어 있었다.

나는 슬그머니 일어나 차일 밖으로 나온다. 어느새 성 작가도 따라나선다.

"왜?"

대뜸 나는 성 작가를 돌아보며 묻는다.

"너는 왜?"

성 작가도 물러서지 않을 듯 되묻는다.

"마저 읽으려고, 지성미의 그 비밀노트…."

"뭘 더 알고 싶은데?"

"아직도 풀리지 않아, 여배우의 모든 게."

"간단하다고. 어려운 시기를 그 누구보다 잘 헤쳐온 영악하고 현명한 여배우라는 거, 아직도 모른단 말이야?"

"그럼 왜 이재호와 재회 때 딸 아이가 있다는 걸 감쪽같이 숨긴 거지?"

"거야, 당초 아이를 가졌을 때 이재호와의 소식을 일체 끊어버린 것과 비슷한 감정 때문이 아니었을까…."

"배우생활을 시작할 때 애 엄마라는 걸 숨긴 게 께름칙했을 수도 있었겠지."

"그도 그렇지만 그 여자의 깔끔한 천성, 결벽성일 수도 있을 게야."

"암세포가 번져가는 줄도 모르고 앞만 보고 뛴 것도 결벽성인가?"

"아냐, 그건. 자신의 몸 관리에 대한 태만이지. 그만큼 지성미는 건강에 관한 한 너무 자신을 믿었던 것 같아. 그보다 딸

193

애를 언제 서울로 데려온 거지? 아이가 있는지 조차 우리는 전혀 모르고 있지 않았나?"

"알다가도 모를 여자라는 거, 이제야 눈 뜨셨구먼 성 작가님? 도무지 그 여배우의 진심이 어디가 머리고, 어디가 꽁지인지 분간하기가 힘들다고…."

"애 문제만은 미스터리야, 나도."

그 말끝에 대화는 잠시 끊겼다. 단 한 번이라도 지성미에 관한 한 부정적 시각을 가져본 적 없는 성 작가의 변화에 관심이 없어선 아니다. 그보다 갑자기 내 머리에 스치는 기억 때문이다. 멀리 강원도 외갓집 이모에게 맡겨둔 딸애를 고민 끝에 데려온 이야기를, 여배우가 남긴 일기에서 본 기억….

딸애를 데려오자, 나는 드디어 결행을 결심한다. 얼마나 망설여온 결심인가. 아이가 보고 싶을 때마다 불꽃처럼 타오른 유혹을, 멍이 들도록 몸 구석구석을 꼬집고 억누르며 밤새 눈물로 지샌 게 어디 하루 이틀이었던가. 이제 그만한 경제력도 생겼다는 게 내게 큰 용기를 준 셈이다.

물론 아이를 집으로 데려다 놓을 수는 없다. 금방 들통이 날 게 너무도 뻔했기 때문이다. 집 근처 딴 거처를 마련해줘야 하는데, 그러려면 이모까지 모셔 와야 한다는 게 그동안 내게는 적잖은 부담이었다.

하지만 이재호의 깊은 배려인지 어쩐지는 잘 모르겠지만 어쨌든 그의 건설회사로부터 신축아파트 광고계약이 들어온 게 용기를 부추겼다 할까. 게다가 모델료가 파격적이지 않은가. 이재호가 아비 노릇을 하는구나, 속으로 그렇게 생각한 나는 그렇다고 행여 마음이 약해질까, 지레 겁먹기도 한다.

"그러니까, 그동안 집 근처에 따로 집을 얻어 딸애를 보살펴 왔다는 거군?"

그 얘기를 들은 성 작가가 억양을 높인다. 실망스럽기보다 감쪽같이 모르고 있는 것에 대한 놀라움이랄까.

"지성미는 그런 여자야. 적어도 우리에게 만은 숨기는 게 없는 듯 시치밀 떼왔지만 알다가도 모르는 게 너무 많다는 거지. 사실 그간 놀림을 당한 기분이 들 때가 한두 번이 아니었어."

"비약하지 마!"

성 작가가 버럭, 아까와 다른 감정으로 역정을 드러냈다.

"왜, 이랬다저랬다 하는 거야!"

나도 물러서지 않았다.

"그렇다고 진성미의 진심까지 의심하진 말자고."

"의심이 아니라 사실이지 않아. 딸애를 데려온 것도 우리에게 언제 귀띔 한 적 있었어?"

"드러내놓고 싶지 않았을 뿐일 거야, 사생활이니까. 워낙이 깔끔한 성미라서….“

"끝까지 믿어주는군.“

"그럼, 어쩌나. 우리는 다 같이 지성미를 바라고 여기까지 온 바보들인 걸."

"바보들이라고?"

"그래, 우린 누가 뭐라 해도 '지성미의 바보들'인 게 틀림없 잖은가."

"…."

나는 더 할 말이 없었다. 가만히 생각해보면 성 작가의 말 이 백번 옳았다. 뭣에 씌워서일까, 우리는 앞뒤 분간 못한 채 제비 따라 강남 가듯 여기까지 오고만 것이다. 입이 열 개라도 변명하고 자시고 할 건더기가 있을 리 만무했다.

이모는 완강하다. 아이와 하께 서울까지 따라나설 수가 도저히 없다는 얘기 아닌가.

그런 이모의 입장을 이해 못하는 건 아니다. 바다에서 생 활하는 어부 이모부를 대신해서 그나마 몇 마지기 안 되는 밭뙈기는 이모가 일궈야 하는 한편 중2, 초6의 남매를 보살피고 살림도 해야 하는 형편이다. 어떻게 생각해도 이모 형편을 오히려 우리 쪽에서 헤아려줘야 할 판이 아닌가. 이모 입장이 좀 그렇다, 예. 엄마마저 이모의 입장을 이해하려는 눈치다.

내 고민은 깊어진다. 서울로 데려온다 해도 딸애를 생판 모르는 사람에게 맡긴다는 건 도무지 상상할 수 없는 일이다. 어떻게 생각해도 그건 위험한 모험이 기 때문이다.

지금까지는 잘 버티어 온 셈이다. 그건 어디까지나 딸 아이가 서울이 아닌 멀리 강원도 옥계에 떨어져 있어 가능한 일이다. 하지만 딸 아이를 서울로 데려와서는 상황이 다르다. 비록 딴 살림을 한다 해도 어미의 손길이 미치지 않을 리 있겠는가. 자연 주위의 눈에 띄게 마련이고 남의 입에 오르내릴 가능성도 다분하다.

딸 아이가 이모와 함께라면 얘기는 달라진다. 게다가 딸 아이를 이모의 딸로 입적시키지 않았던가. 행여 기자들이 의심의 눈을 번득일 때를 대비한 거다. 이모의 동행이 어렵다면 딸애를 데려오는 것도 없던 일로 포기해야 한다니 나도 모르게 비애에 젖는다.

딸애가 아직 갓난아이가 아니라는데 나의 비애는 더욱 부풀어 오른다. 딸애는 어느새 우리나라 나이로 4살이 아닌가. 교육적 보살핌을 받아야 할 시기에 시골에 그냥 방치해

두기에는 어미의 양심이 허락하지 않는다.

몇 날 며칠을 고민한 끝에 어느 날, 촬영스케줄을 펑크 내면서까지 나는 득달같이 이모가 사는 옥계로 내려간다. 그리고 이모를 붙들고 늘어진다. 이모가 응낙 안 하면 여기 서 한 발짝도 움직이지 않을 거야, 이모! 하고 떼거리 쓰듯 나자빠진 거다. 아무리 이모가 달래고 얼러도 움쩍할 틈을 주지 않은 채.

이모와 대치한 가운데 하루가 간다. 이틀이 또 지난다. 사흘째도 나는 콧노래까지 흥얼대며 딸애와 노닥거렸다. 서울에선 촬영을 펑크 낸 뒤 행방이 묘연한 나를 두고 엄마 가 보통 시달림을 당하지 않은 모양이다. 그래도 나의 막무 가내는 눈치코치 없이 계속된다.

야야, 내가 졌다. 이모는 나흘째 되던 날 드디어 손사래를 치고 뒤로 나뒹구러진다. 충분히 예상한 일이 아닌가. 이모 의 마음이 여리다는 걸 꿰뚫고 기다린 보람이랄까. 또한 이 모가 어렸을 적부터 내 고집이 장난 아니라는 걸 엄마에게 귀가 따갑도록 들은 것도 큰 도움을 줬으리라 지레 짐작된 다.

"참 대단한 집념이군."
"못 말릴 만큼. 한번 물면 절대 놓치지 않은 끈기지."

성 작가의 감탄에 나도 서슴없이 맞장구를 쳤다.

"그동안 애 엄마라는 사실을 숨기고 지낸 것도 힘들었을 텐데, 아이를 서울로 데려오겠다는 결단을 하다니, 그 배짱 또한 보통은 넘은 것 같아."

"혹여, 이재호를 만난 뒤 마음이 달라진 건 아닐까?"

"전혀 아니라곤 할 수 없겠지. 빤히 앞에 어른대는 핏줄을 어찌 모른 채만 할 수 있었을라고."

"그런데도 여배우가 남긴 일기는 이재호의 조용한 접근을 경계하고 있었어. 알다가도 모를 여자라는 건 바로 그 때문이야. 이해 했다가도 나도 모르게 고개를 갸웃대는 까닭이지."

"이봐, 제발 그 기자 근성 좀 버리면 어디가 덧나냐. 있는 그대로 받아들이면 하늘이 무너지기라도 한다는 거야, 뭐야. 의심보다 진실 쪽에 무게를 둔 인생관을 좀 가져봐, 이 딱한 친구야."

나는 더 이상 성 작가의 말에 토를 달지 않았다. 그렇다고 성 작가의 말을 백 프로 수긍해서도 아니다. 성 작가 역시 진짜 내가 인간미라곤 손톱 때만큼도 없다는 뜻으로 한 말은 아닐 것이다. 성 작가는 기껏 농담, 우스개로 한다는 말이 늘 그 모양이어서 오해를 살 때가 적잖은 편이다.

"기다리기 지치시죠. 이제 거의 마무리가 다 되가는 것 같습니다."

　어느새 옆에 와 있는 이재호. 손목시계의 시침은 오후 5시를 가르키고 있었다.

이제 모든 걸 내려놓을 때

　왼쪽 옆구리가 보통 쑤시고 아프지 않다. 헉헉, 숨쉬기가 힘들 정도다. 왜 그럴까? 건강에 관한 한 엄마를 닮아 쇳덩어리처럼 튼튼하다 여겼는데 어디가 고장이 난 걸까? 아무리 해도 안 되겠다. 촬영에 쫓기는 몸이라도 잠시 병원에 들러 옆구리가 쑤시고 아픈 이유를 알아봐야 할 것 같다. 도무지 통증을 그 이상 견딜 재간이 없다.

　"아니, 이렇듯 온몸에 암세포가 퍼지도록 어떻게 통증을 견뎌온 거죠?"

　CT 검사를 끝내고 며칠 뒤 다시 병원을 찾았을 때, 담당의는 정색하며 고개를 설레설레 흔든다. 순간, 직감이 찌릿하게 폐부를 찔러온다. 결코 내 병이 예사롭지 않구나, 하고. 유방암 3기를 훨씬 지나 말기에 이르렀다던가.

담당의는 너무 늦었다는 얼굴빛이 역력하다. 되돌릴 수 없는 상황임을 구구절절, 담당의의 설명을 더 듣지 않아도 짐작하기 그리 어렵지 않다.

그런데 어찌 된 노릇일까. 도무지 담당의의 놀라움과 낭패의 얼굴을 대하고도 내 마음은 의외로 잔잔하다. 발을 동동 구르고 당황해야 할 처지인데도 담당의에게 나는 마치 남의 일처럼 "가망이 없다, 그런 얘기겠죠!"하곤 키득키득 웃음이 나오는 걸 가까스로 참는다.

얼핏, 그 웃음이 왠지 좀 서글프다는 생각도 든다. 하지만 나는 아무렇지도 않은 듯 덤덤한 말투로 담당의에게 묻는다.

"폐일언하고요, 조용히 죽음을 기다리는 게 현명하겠죠, 선생님?"

"…?"

담당의는 대꾸를 안 한 채 내 얼굴을 뚫어지게 쳐다 본다. 내 속 마음을 헤아리기라도 하듯. 하지만 담당의는 한참 뒤 나를 달래듯 아까와는 사뭇 다른 어투로 말한다.

"그러지 말고 일단 입원해서 정밀검사를 받아보는 게 어때요? 그처럼 귀중한 목숨을 쉽게 포기하는 건 너무 생명에 대한 무책임한 행동이 아닐까요."

"희망이 없다면서요?"

"최선을 다하지 않고 물러서는 건 비겁하다는 생각, 안 들어요?"

"…."

이제는 내 말문이 막힌다. 순간, 딸애의 얼굴이 떠올랐기 때문이다. 딴 사람은 몰라도 딸애에게 만은 비겁자가 되고 싶지 않다. 최선을 다한 엄마로 남고 싶다. 그렇게 살아오지 않았는가.

그렇다. 최선을 다한 엄마로 남아야 한다. 그러기 위해선 일단 담당의의 권유대로 병원에 입원하자. 희망을 가지고 정밀검사도 받고 할 수 있는 데까지 치료도 해보자. 그래도 생명을 보존할 수 없다면 그때 포기해도 늦지 않을 게 아닌가. 딸애를 생각하니 아까와 달리 살고 싶은 욕망도 치민다.

거의 사형선고나 다름없는 말기 암 진단을 받은 지 한 달 보름 만에야 겨우 입실 수속을 하고 병원에 입원한다. 담당의의 권유대로 일단 정밀검사를 받는 등 최선을 다 해보자는 생각해서다. 포도송이처럼 달린 목숨도 아닌데 헌신짝 버리듯 그렇게 내팽개칠 수 없다는 생각도 든다. 아니, 적어도 딸애에게 만은 최선을 다한 엄마로 남고 싶은 게 더 큰 이유다.

영화사들이 난리다. 제작부장이 날쌔게 병원에 와서 확인하고 돌아간다. 다행이 겹치기 출연 영화는 단 두 편 뿐이다. TV 연속극은 지난주에 좀 한 뒤다. 다만 신정 개봉을 겨냥하고 서두르는 영화 촬영 스케줄 차질이 불가피한 게 좀 신경 쓰이지 않은 건 아니다.

배우가 갑자기 입원하는 것도 자칫 오해를 불러일으키기 쉽다. 방구만 뀌어도 우우, 몰려드는 이리떼들. 아니다. 결단코 이리떼는 아니다, 기자들은. 어디까지나 우리 인기인들과는 공생 관계랄 수 있다. 악어와 악어새처럼.

따져보면 나는 기자의 신세를 톡톡히 진 연기자다. 지금 매니저 노릇을 하는 조기동, 그분도 기자 출신이 아닌가. 그분 덕택으로 출발부터 오늘에 이르기까지 아무 탈 없이 배우생활을 하고 있다. 애 엄마라는 걸 감쪽같이 숨길 수 있는 것도 다 그분의 세심한 배려 때문이다.

이번 갑작스런 입원도 그분에 의해 단순한 '메디컬체크'로 기획되어 그렇게 알려진 것 같다. 종합적인 검사를 받기 위해 적어도 일주일, 길어야 열흘 정도 병원 신세를 진다고 말이다. 뭐든 궁금한 언론사와 스케줄 차질이 불가피한 영화사에게 미리 귀띔, 배수진을 친 것도 그분이다. 그래서 내가 입원해 있는 병원에 영화제작부 외에 기자들은 얼씬도

하지 않고 있다.

24시간 밤잠을 설치며 병상을 지키는 엄마의 고생, 그 불안이 이만저만이 아니다. 잠결에도 얼핏 엄마의 기도 소리가 들려 눈을 떠보면 '제발 우리 딸을 구원해주소서, 하느님!' 합장한 손에 묵주를 쥔 엄마의 기도 소리가 조용한 병실에 울려 퍼진다.

엄마는 독실한 가톨릭신자다. 어렸을 때는 나도 엄마아빠 손에 이끌려 성당에 나갔다. 하지만 머리가 커지면서 엄마아빠가 아무리 달래고 얼려도 점점 성당 문턱이 높기만 했다. 신에 대한 불신이라기보다 너무 '나'를 더 소중이 여기는 이기심 때문인 게 분명하다.

요즘은 내 마음도 이상하게 돌아가고 있는 듯하다. 특히 이렇게 병원에 누워 뒤돌아보니 무작정 달려오기만 한 길이 왠지 허전하고 허망하게 느껴진다. 엄마의 '아멘' 소리가 예사롭지 않게 들리기도 하고. 나도 모르게 가만히 '하느님!' 그렇게 불러보는 횟수가 늘고 있다.

느닷없이 이재호가 병실에 들이닥친다.

"아니, 이런 법이 어디 있어?"

들이닥치자 그는 볼멘소리부터 터뜨린다.

"그냥, 단순한 메디컬체크일 뿐예요. 동네방네 소문내고 할 순 없잖아요.?"

"그래도 나한테 만은 귀띔 해줘야 하잖아."

"깜빡했어요. 갑작스럽게 결행한 거라…."

"체크 결과는?"

"나도 기다리는 중이예요. 괜찮겠죠, 뭐. 워낙 부모님으로부터 물려받은 강인한 체질이니까."

"아버님은 일찍 돌아가셨다고 하지 않았나?"

"…."

대답 대신 나는 힐끗 엄마를 쳐다본다. 엄마 옆에 바짝 붙어 서있는 딸애도 시야에 들어온다. 둘 다 놀란 토끼눈을 하고 서있다.

"엄마, 참 이분은 얼마 전 나를 아파트 광고모델로 써준 회사의 이사이셔. 아니지, 얼마 전 참 상무님으로 승급했다죠. 축하가 늦었네요."

이재호가 엄마를 향해 정중하게 허리를 굽힌다. 그리고 아이와 눈이 마주치자 나를 번갈아 본 그는 아이가 누구냐? 묻고 있는 듯 눈짓을 보낸다.

"우리 이모의 늦둥이예요. 입원한 나를 돕겠다고 잠시 와 계시는 통에 아이도 따라온 거죠."

"근데, 석란 씨를 아주 쏙 빼 닮았네요, 아이가…."

순간, 나는 가슴이 철렁한다. 뭐 짚이는 게 있어 하는 소리인가 하고. 아니다. 이참에 아예 사실을 털어놔 버릴까?
나도 모르게 갈등에 휩싸인다. 그만큼 내 마음이 약해져 가
고 있는 건가. 뭔가에 쫓기는 사람처럼.

이재호가 돌아간 뒤에도 내 갈등은 계속된다. 처음 병원
에서 임신한 사실이 확인되자 '이제 이재호와 관계도 이것
으로 끝인가'하고 되뇌었던 일이 떠오른다. 왜 끝이라 여겼
을까? 그 순간, 어린 이재호가 엄마의 품에서 할아버지에게
강제로 빼앗기는 장면을 연상한 때문은 아닐까?

하여간 그때부터 일체 이재호를 끊고 살아온 지금, 나는
뭔가 허물어져 가고 있는 강박관념에 쫓기고 있다. 이제 뭘
더 망설여야 한다는 말인가. 아이를 제 핏줄에게 돌려줘야
할 때가 온 게 아닐까….

드디어 선고가 내려진다. 정밀검사 결과 수술을 해도 회
복할 가능성은 불과 10% 안팎. 한마디로 되돌릴 수 없는 중
증이란 건 미주알고주알, 더 설명을 듣지 않아도 대번에 눈
치챌 수 있다.

물론 담당의는 환자의 의지를 들먹인다. 기적이라는 것
도 있음을 상기시키려 애쓴다. 아닌 게 아니라 생에 대한 애
착, 그 하나만을 두고 생각한다면 당연히 지푸라기라도 붙
드는 게 상식이고 본능일지 모른다.

하지만 나는 담당의의 권고, 제안을 단연코 'NO!' 한다. 이유는 간단하다. 더 이상 '모험'에 매달리고 싶지 않아서다. 더 이상 바늘구멍과 같은 좁은 문에 들기 위해 몸부림하는 게 죽어라고 싫다. 주위의 적잖은 사람들이 나 하나 때문에 얼마나 고통을 감내해야 했는가. 딸애와 함께 지내지 못한 여한도 다 나 한 사람의 과욕 때문이 아니던가.

엄마와 이모는 애원한다. 1%의 가능성에라도 매달리기를, 얼굴에 핏대까지 세우며 수술을 간청하고 나선다. 담당의도 덩달아 '도전'을 앞세워 적극적으로 설득을 하려 든다.

"이제 겨우 네 품 안으로 돌아온 아이를 생각해야 할 거 아니냐!"

이모의 그 말에 잠시 잠깐 나는 망설이지 않은 건 아니다. 아이를 위해 무엇 하나 해준 게 없는 어미가 아닌가. 되든 안 되든 딸애에게 '최선을 다한 엄마'로 남아야 되지 않느냐, 하는 주저함이 내 결심을 흔들어 놓은 것이다.

하지만 나는 끝내 'NO'를 고수한다. 너무도 뻔한 결과를 두고 구걸하거나 흥정을 하는 것 같아서다. 딸애는 어엿한 아빠가 있지 않은가. 더구나 아이 아빠는 우리나라에서 손꼽히는 재벌 후손이 아닌가.

이재호를 떠올리자 나는 당장 그를 병원으로 불러들이기로 결심한다. 더 이상 갈등에 목메어 괴로워할 게 아니라 모든 걸 제 자리로 돌려놓기 위함이다.

그 자리에 두 분도 모시기로 한다. 얘기하나 마나 성낙성 작가님과 조기동 매니저님. 두 분이야 말로 '지성미의 오늘' 과 떼놓을래야 떼놓을 수 없는 고마운 분들이 아닌가.

아, 들먹거리던 마음이 좀 가라앉는다. 이제 모든 걸 내려놓고 조용히 죽음을 맞이하자. 암, 미련일랑 접고 모든 걸 내려놓자….

성 작가의 눈빛이 벌겋다. 지성미가 그처럼 태연한 척 죽음을 맞이하고 있지만, 눈에 넣어도 아프지 않을 딸애를 두고 제대로 눈을 감을 수 있었을까, 생각만 해도 가슴이 저리다.

나도 매한가지다. 그동안 지성미가 언뜻언뜻 이해되지 않은 건 아니다. 하지만 마음이 내키지 않았다면 지금껏 그 여배우 곁에 머물러 있을 까닭이 없잖은가. 그만큼 성 작가와 나, 누가 뭐래도 지석란, 아니 지성미의 포로가 돼 있었던 게 분명하다. 바보처럼. 그래서 더욱 우리는 지성미의 마지막에 통곡이라도 하고 싶은 심정인 것이다.

서녘 노을에 그 여배우를 보내다

"얼추 작업이 다 끝나가는 것 같은데."

나는 아직도 상심한 얼굴을 지우지 않고 있는 성 작가에게 고개를 돌리며 말했다.

"어? 어, 그래…."

그제야 성 작가는 황급히 우그러뜨린 얼굴을 지우며 봉분을 다듬고 있는 쪽을 힐끗 돌아본다.

"참으로 지루한 하루였어."

"이른 새벽, 마치 도망치듯 장례식을 벗어났지만…."

"도중에 장의차가 펑크 나지만 않아도 아니, 인부들이 박정희 대통령 장례행렬인가 뭔가를 구경 갔다 오지만 않았어도 벌써 끝났을 일인데."

"독재자의 장례행렬이 뭐 그리 구경거리라고…."

"장관이었다지. 다녀온 인부들이 그리 전하지 않았어. 연도에 모인 군중 중 누군가 졸도할 정도로 슬퍼하는 사람도 있었다지, 아마."

"머지않아 역사가 심판할 거야!"

성 작가가 갑자기 옥타브를 높인다.

"독재자라도 경제성장에 힘쓴 덕으로 우리가 이처럼 배고픔을 면하고 있는 건 인정해야 하지 않을까."

"그건 그렇다 치고, 유신은 어떻게도 변명할 건덕지가 없어. 독재자의 장기집권 야욕일 뿐이니까!"

그때, 이재호가 차일 안으로 들어온다.

"작업은 다 끝났고요, 이제 간단히 제만 지내면 될 것 같습니다."

해는 어느새 서녘에 걸쳐 있다. 10월의 따가운 햇볕이 서서히 불그스레한 노을로 변해 가고 있었다.

잘 다듬어진 봉분 뒤에 또 하나의 봉분이 보인다. 이재호 친모의 묘인 듯하다. 둘 다 부부의 연을 떳떳하게 갖지 못한 채 죽은 뒤에야 사이좋게 시어머니와 며느리로 한 자리에 누웠다.

방금 마련된 봉분 앞에 몇 가지 음식이 놓였다. 격식을 따로

차리는 것 같진 않고, 관계자들만이 술잔을 따라놓고 관습대로 절 두 번 반을 올리는 것으로 끝이다.

먼저 이재호가 딸 아이와 함께 나란히 봉분 앞에 선다. 술을 따른 이재호가 넙죽 엎드린다. 호기심 어린 눈으로 아비를 지켜보던 딸애도 얼른 따라 엎드렸다.

하지만 그 여배우의 어머니는 아예 차일 안에서 나오지 않는다. 딸의 죽음 자체를 인정하지 않으려는 듯 딸이 묻힌 묘소를 외면한 채 계속 흐느끼고 있는 듯하다.

뒤늦게 그것을 눈치챈 이재호가 득달같이 차일 안으로 들어간다. 딸애도 바로 뒤따랐다.

"어머님, 이러심 저는 어떻게 하라고요….."

이재호의 목소리에 잔뜩 먹구름이 끼였다.

"할머니, 뭐해? 엄마한테 절 안 할 거야?"

꼬맹이도 철없이 거든다. 언제부터 꼬맹이는 '할머니'와 '아빠'라는 호칭이 그처럼 예사스러워졌을까.

그 광경을 보고 있던 성 작가가 헉, 하고 돌아선다. 목불인견目不忍見이기 때문일까? 아니면 눈물을 보이기 싫어서일까?

하지만 내겐 모든 게 제 자리를 찾아가는 듯 자연스러웠다. 진작 그랬더라면 여배우도 저렇듯 혼자 외롭게 묻히지 않았을지 모른다.

"아니, 갑자기 왜 이래? 센티멘털리스트라도 된 거야, 뭐야?"

나는 그제야 멀찌감치 떨어져 있는 성 작가에게 다가가 비아냥거리듯 말을 걸었다. 하지만 성 작가는 아랑곳하지 않고 아예 소리 높여 흐느낀다. 참고 참아온 울음인 듯.

"우리도 여배우의 마지막 가는 길에 술 한잔 따라야 하지 않아?"

나는 성 작가의 등을 어루만지며 위로하듯 달랜다.

한참 뒤에야 성 작가와 나는 나란히, 여배우의 묘 앞에 술을 올리고 엎드렸다. 그리고 속으로 나는 읊조린다.

'지석란, 아니 지성미, 잘 가라. 비록 우리는 이승에 머물러 있지만 언제나 네 곁을 떠날 순 없을 것 같아. 우리는 누가 뭐래도 지성미 바보이지 싶다.'

성 작가는 뭐라고 빌었을까….

서녘 하늘은 더 붉게 물들어간다. 두 개의 봉분이 앞뒤로 나란히 안치된 모역을, 붉게 물들어가는 노을 속에 이재호가 묘 앞에 돗자리를 깔고 간단한 뒤풀이 자리를 마련했다. 우리보다 작업을 한 인부들의 노고를 풀어주려는 심산인 듯.

하지만 인부들은 술 한배가 돈 뒤 하나둘 자리를 뜬다. 그럴 수밖에 없는 게 이재호와 우리들의 대화가 그들에겐 멀게 느껴지기 때문이리라. 술기운이 돌자 유독 성 작가가 독판치듯 말이 많아진 것 같다.

"야, 너 어떻게 수습할 참이지?"

뜬금없이 성 작가가 혀 꼬부라진 말투로 내게 묻는다.

"뚱딴지 같이 뭘 말이야?"

나는 성 작가의 의도를 알면서도 시치미를 떼고 되묻는다.

"지성미의 갑작스런 죽음을 어떻게 세상에 알릴 거냐고?"

"차라리 솔직히 털어놓을까 싶어."

"안 돼요, 그건!"

이재호가 제동을 걸고 나선다. 그는 곧 다시 말을 잇는다.

"할아버지가 저렇듯 시퍼렇게 살아있는 한 고인과 나와의 관계, 특히 딸애의 존재도 당분간 비밀로 해야 돼요. 적어도 내가 그룹 내에서 확고한 자리를 굳히기 전까지는."

"의혹을 더 증폭시킬 수도 있겠지?"

성 작가도 까발리는 건 바라지 않은 눈치다.

"어떻게 해도 의혹을 완전히 잠재울 순 없어. 그럴 바엔 다 털어버리고 제멋대로 찧고 까부는 대로 놔두자는 거지."

"지성미의 명예가 실추돼도 괜찮다는 거냐, 넌?"

성 작가가 버럭 소리를 질렀다.

"야, 골 빠개지는 소리 그만하고 술이나 마셔. 그건 내가 알아서 할 거니까….”

 “그래요. 어련히 잘 알아서 수습하겠어요.”

 이재호는 역시 눈치가 빠르다. 내 속셈을 들여다본 듯 편안한 얼굴로 나를 거든 걸 보면.

 “근데, 이재호 상무. 딸애가 엄마를 속 빼닮은 거 아쇼?”

 성 작가가 이번에는 느닷없이 이재호에게 딸애 얘기를 꺼낸다.

 “아, 네, 닮은 것 같더군요….”

 “만일 말이요, 이담 딸 아이가 커서 엄마처럼 배우가 되겠다면 어쩌겠소?”

 “딸애가 배우를요?”

 순간, 이재호는 당황하는 빛이 역력하다. 하지만 곧 그는 분명한 어조로 말한다.

 “아이가 원한다면 말릴 생각이 없습니다. 엄마의 피를 이어받았다면 잘 할 수 있을 것 같고요. 엄마가 못다 피운 꽃을 활짝 펼 수만 있다면 적극 밀어주고 싶습니다!”

 “할아버지가 반대해도?”

 “할아버지요? 이미 그때는 할아버지 시대가 아니니까요.”

 이재호의 얼굴에 자신감 같은 게 넘친다. 왠지 믿음직스럽다.

"그럼, 됐소이다. 그때도 우리가 적극 도울 겁니다."

성 작가는 뭔가 만족스런 듯 자신만만 얼굴이다.

"나는 아니거든. 더 이상 골때리는 일하고 싶지 않거든."

장구 치고 북 치는 성 작가가 얄미운 나는 손사래를 치며 튕겨본다.

"제가 부탁드릴게요. 두 분의 변함없는 우정이라면 충분히 가능한 일이라고 믿어요."

뜻밖에도 이재호가 적극적이다.

그때 딸애가 우리 쪽으로 달려온다. 그리고 이재호에게 조른다.

"아빠. 할머니가 자꾸 울어. 그만 가요, 아빠."

딸애의 입에서 '아빠'가 예사롭다. 어느새 그처럼 부녀 사이가 가까워졌을까.

"이봐, 성 작가. 아까 딸애 얘기는 진담이야? 아니지? 그냥 한 번 해본 소리지?"

나는 이재호가 자리를 뜨자 기다렸다는 듯 성 작가를 빤히 쳐다보며 묻는다.

"아냐. 진심이야. 우리는 꼭 그렇게 해야 될 것만 같아!"

"그때 우리 나이가 몇 살인지 알고나 하는 소리야?"

하지만 나는 꿀꺽, 그 말을 삼키고 만다. 이상하게 나도 그래야만 될 것 같은 생각이 머리를 스쳤기 때문이다.

서녘의 낙조가 숨 고르기를 하고 있다. 곧 붉디붉은 해가 꼴깍 넘어갈 것이다. 성 작가와 나도 이제 여배우의 묘소를 떠나야 할 때가 온 것 같다.

발길이 차마 떨어지지 않는다. 생각 같아선 여기, 그 여배우의 묘소 앞에 퍼져 앉아 밤새, 성 작가와 술 추념이나 했으면 싶다. 술 추념이나….

그 여배우 이야기

초판 1쇄인쇄 2021년 6월 23일
초판 1쇄발행 2021년 6월 25일

저 자 한보영
발행인 박지연
발행처 도서출판 도화
등 록 2013년 11월 19일 제2013－000124호
주 소 서울시 송파구 중대로34길 9－3
전 화 02) 3012－1030
팩 스 02) 3012－1031
전자우편 dohwa1030@daum.net
인 쇄 (주)현문

ISBN ｜ 979－11－90526－39－5 *03810
정가 13,000원

도화道化, fool는
고정적인 질서에 대한 익살맞은 비판자,
고정화된 사고의 틀을 해체한다는 뜻입니다.